「兄はいずれ
必ずここまで来る」
最年少S級攻略者
蒼谷アサヒ
「観とけよ……
うちの二人は
必ず合格する」
事務所社長兼A級攻略者
仁科揺

攻略者の先輩(年下)
リリィ
レア覚醒師
佐正東砂
「東砂、急いでこいつを狩るぞ！」
「はい……！」
「あぁ～、殴るのって気持ちいい……」
天才の弟を持つ凡人
※引くほどトレーニングしてる
蒼谷ミカゲ

（……）
「頭ではわかっていても
霊的なものは
苦手なんだよぉ……」
（まぁ、誰にでも苦手なものの一つや二つあるか）

未知と宝物ざっくざくの迷宮大配信！

～ハズレスキルすらない凡人、
見る人から見れば普通に非凡でした～

広路なゆる

ぶんか社

C O N T E N T S

1．プロローグ

《本日の配信は東京《とうきょう》スカイダンジョン、通称、〝ユグドラシル〟五十層よりお送りしております。S級攻略者〝蒼谷《あおや》アサヒ〟率いる東京プロモート所属、パーティ〝アルビオン〟が五十層ボス〝アクス・ミノタウルス〟の討伐に挑戦中です！》

体長三メートルはあるミノタウルスが斧《おの》を振り下ろす。

それを屈強な戦士風の男がにやりと微笑《ほほえ》みながら巨大な剣で受け止める。

その傍らで杖《つえ》を持った女性が魔法を唱える。

ミノタウルスに魔法陣のようなものが発生し、ミノタウルスが小さく唸《うな》る。

やや離れた位置から身の丈ほどもありそうな巨大な銃により、ミノタウルスに狙いを定める若い男性がいる。

その銃口にエネルギーが収束し、直径五メートルほどの激しいレーザーをミノタウルスに照射する。

光に包まれたミノタウルスは激しい咆哮《ほうこう》を上げながら消滅する。

実況《…………えっ、終わり？》
解説《終わりです》

実況《……す、すごぃ！　圧倒的だぁ！　アクス・ミノタウルスを全く寄せ付けないぃ！》
解説《もう少し尺引っ張ってほしかったですね》

◇

「蒼谷アサヒさんが来てくれました。まずは蒼谷さん、アクス・ミノタウルス討伐おめでとうございます」

インタビュアがミノタウロスに止《とど》めを刺した青年にマイクを向ける。

「ありがとうございます」

【蒼谷アサヒ（十九歳・男）　S級攻略者】

「圧巻のパフォーマンスでしたね！」

「とても手強《てごわ》い相手でしたが、今日のために、しっかりと準備してきたおかげです」

「今日の配信は同時接続、三百万に到達したそうです」

「本当ですか？　……ご観戦の皆さん、ありがとうございます。皆さんの応援が力になります」

◇

「アサヒ！　やりやがった！　お前は最高の〝攻略者〟だ！」

配信を視聴していた男性がそう叫ぶ。

2. 転機のSOS配信

小学生のなりたい職業ランキング一位〝攻略者〟。

モンスター蔓延《はびこ》るダンジョンを攻略する〝クエスト〟は一般化し、エンタメとして成立。大きな挑戦時には全世界向けに配信され、皆がそれに熱狂していた。

しかし、そんな皆の憧れ……攻略者になれるのは一握りであった。

クエストで時折、入手できる宝物《ほうもつ》。モンスターと互角に戦うための強力な兵器である。

宝物にはレベルがあり、高いレベルの宝物は適性がある者にしか扱えなかった。

残酷なことに宝物特性は生まれ持った才能であった。

蒼谷アサヒは宝物特性、最高のレベル十。

中学生で〝攻略者〟となり、世界に七つしか発見されていないランク十の宝物の一つ〝紅蓮の珠砲《クリムゾン・ランス》〟の使用者となり、史上最年少で最高格付けS級攻略者にまで駆け上がった。

……そんな蒼谷アサヒを弟に持つ、兄、蒼谷ミカゲ二十四歳（宝物特性レベル三の凡人……あるいはそれ以下）は弟の勇姿を画面越しに見届け、ガッツポーズする。

「我が弟ながらすげえな……」

生活感あふれる部屋で、彼の優秀な弟の勝利の余韻に浸る。

【蒼谷ミカゲ（二十四歳・男）　遊撃者】

と……。

ＴＲＲＲＲ。

ミカゲのデバイスがアラームと共に、通知する。

「おっと……」

【ユグドラシル〝地下層《アンダー》〟より中型妖獣〝あふれ〟発露予報あり。遊撃部四十五番組、出動ください】

「おっと仕事か、こんな日に……まぁ、アサヒの配信、最後まで見られただけよしとするか」

強力なモンスターがひしめくユグドラシルの〝上層〟を目指す攻略者になれるのは一握りだ。

しかし、地上から天空へと伸びる塔ダンジョン……の直下に広がる地下層……通称、アンダーからたびたび市街地へ侵攻する〝あふれ〟を撃退する〝遊撃者〟という職業も存在した。

遊撃者はユグドラシルの謎や新たな功績へは挑めずとも、市民を守るための大切な仕事であった。

◇

「蒼谷さん、お疲れ様です」

ユグドラシル〝地下層〟へ向かうゴンドラにて、青年がミカゲに挨拶《あいさつ》をする。

「お疲れ、深海《しんかい》」

深海は遊撃部四十五番組におけるミカゲの相棒であった。

【深海莉玖人《りくと》（二十二歳・男）　遊撃者】

「今日も弟さん、すごかったですね」

「そうだな」

「やっぱり弟さんがS級だと大変だったりするんですか？」

「え？　うーん……どうだろうな。まぁ、弟ながら尊敬するよ……」

ミカゲは少し苦笑いするような表情を浮かべる。

◇

十五年前――。

『ミカゲいいぞー！』

小学生のミカゲをクエストクラブのコーチが称賛している。

攻略者を目指してクエストクラブに先に入部していたのは弟のアサヒではなく、兄のミカゲの方であった。

『ミカゲくんは相当いいですよ、武器の扱いにも長《た》けていますし、体術も素晴らしい。センスっていうんですかね……』

コーチはミカゲの母に嬉々として報告する。

『そうなんですね！』

『……』
ミカゲはそれを聞く母を見て、子供ながら母の喜ぶ顔がわかったし嬉《うれ》しかった。
『俺はいつか攻略者になって、レアの宝物を見つけまくってやるんだ！』
『おぅ、ミカゲ！　頼むぞ！』
コーチは笑顔でミカゲの頭を撫《な》でる。
『ミカ兄かっこいいー！』
そんなミカゲを見て、アサヒは無邪気にそんなことを言う。
『おう、アサヒももう少し大きくなったら兄ちゃんみたいになれるぞ』
『うん、僕も頑張るぞー』
そんなアサヒに母は微笑みながら言う。
『まぁまぁ、アサヒは自分らしくあればいいのよ』
しかし、ミカゲにとっての現実は少々、残酷だったのかもしれない。

◇

アサヒが十歳になった時――。
レベル検診において、医師が告げる。
『蒼谷アサヒくんの宝物特性はレベル十……です』

『今なんて？』

母は自分の耳を疑ったのか医師に聞き返す。

『だから十です』

『じゅ、じゅう!?　…………』

『あ、アサヒ！　やったな!!』

母は言葉を失い、父はアサヒの背中を叩《たた》く。

『う、うん』

アサヒは状況が呑《の》み込めていないのか、あまり嬉しそうじゃなかった。

『……』

ミカゲは……。

◇

それからアサヒはとんとん拍子でエリート攻略者の道を駆け上がった。

十四歳で大手事務所《チーム》東京プロモートから声が掛かり、攻略者デビュー。十七歳でA級、十八歳で世界に七つしか発見されていないランク十宝物の一つ〝紅蓮の珠砲〟の使用者に任命される。そして今、十九歳でS級だ。

一方のミカゲは未《いま》だ攻略者になれていなかった。

それでもクエストへの憧れは捨てきれず、高校、大学とクエスト部に入り、がむしゃらにトレーニングは続けた。

しかし事務所から声は掛からなかった。

それでも、遊撃者としては活動できている。

それだけでも十分……とミカゲは考えていた。

◇

現在――。

「うおっ！」

無骨な岩に囲まれた洞窟の中で、体長二メートルほどの不気味なイノシシの顔をした二足歩行の獣が手に持つ棍棒《こんぼう》を深海に向けて振り回し、深海はそれを盾で受け止める。

深海は数メートル後ろにノックバックするが、それによりイノシシとの距離も空く。

【妖獣　棍猪《こんしし》】

その脇から、ミカゲが両手剣でもって棍猪に斬りかかる。

棍猪はそれを棍棒で受け止め、つばぜり合いとなる。

ミカゲが上方向に弾《はじ》き、棍猪は上体を逸《そ》らされる。しかし、上方へ逸らされた勢いを逆に利用し、棍棒を振り下ろす。

が、ミカゲがこれをサイドステップで回避。棍猪にできた大きな隙を見逃さず、脇腹に剣撃を加える。

痛みから、怒った棍猪が咆哮し、ミカゲに突撃する。

と、その間に盾を持った深海が割り込み、棍猪の突撃を受け止める。

「ナイス！　深海！」

そう言ったミカゲが深海の背後から高くジャンプし……。

「くらいやがれ！」

棍猪の頭に剣撃を叩き込む。

棍猪は叫ぶような鳴き声と共にその場に倒れ、エフェクトと共に消滅する。

「おっし」

「さすがです、蒼谷さん！」

「ありがとう……」

（このレベルの妖獣でも一苦労だ……）

ユグドラシル地下層では、〝妖獣〟と呼ばれるなぜかオリエンタル《東洋風》な雰囲気の生物が出現する。

一般的には上層のモンスターと比べると力は弱いが、それでも遊撃者にとってみれば十分、脅威であった。

「お、ドロップあったみたいですね。トレジャーボックスです」

深海が棍猪からドロップしたトレジャーボックスを発見する。

モンスターや妖獣がドロップするトレジャーボックスからは宝物を取得できる。妖獣からでは大したものは期待できないが、それでもボックスの開封は探索において、一つの醍醐味《だいごみ》であった。

「蒼谷さん、とりあえず開けましょうか」

「そうだな」

ミカゲはトレジャーボックスを開放する。

（ん……？）

「これは……」

（刀……？）

「珍しいっすね……」

「そうだな」

妖獣の宝物から武器の類《たぐい》が出ること自体、珍しいのだが刀の形状の宝物などミカゲや深海は聞いたことがなかった。

「レベルは？」

深海がミカゲに尋ねる。

宝物のレベルは、デザインは様々であるが宝物の一部に刻まれており、誰でも確認することができる。

「えーと……零……？　レベル……ゼロ……？」

「え？　今、なんて？」

「ゼロ？　そりゃないっすよ！　あいつ、そこそこ強かったのに！」

「そ、そうだな……」

「ゼロだ」

なお、宝物は攻撃力のみならずあらゆる面で使用者の能力を引き上げる。

各項目に対して、E、D、C、B、A、AA、AAA、S、SS、SSSの十段階で評価される。

どの程度、引き上げられるのかはレベルによりある程度、推測できるが、詳細は鑑定士に鑑定してもらう必要がある。

現在、ミカゲが所持している宝物はアイロンソードという一般的な両手剣である。

＝＝＝＝＝＝＝＝＝＝＝＝＝＝＝＝＝＝

【アイロンソード】
Lv3
攻撃：D
防御：B
魔力：E
魔耐：D
敏捷《びんしょう》：C
効果：なし

＝＝＝＝＝＝＝＝＝＝＝＝＝＝＝＝＝＝

逆に人間に対してはステータスという概念は存在しない。故に宝物のレベルが戦闘力に直結すると言っても過言ではなく、宝物特性の低い者には厳しい世界である。

（しかし、ゼロか。そんなのもあるんだな……）

グギャアアアア!!

「「っ!?」」

珍しい宝物《がらくた》に首を傾《かし》げていたミカゲと深海は、突如、別方向から聞こえてきたけたたましい咆哮に驚く。

「な、なんですか!?」

「わからん」

「きゃあああ!!」

「「!?」」

同じ方向から女性の悲鳴も聞こえてくる。

「蒼谷さん、行きましょう！」

「ちょっ、深海……！」

深海はすでにその方向へ駆け出していた。

◇

たどり着いた先には巨大な蜥蜴《とかげ》がいた。

「ど、ドラゴン!? 龍《りゅう》? なんでこんな奴《やつ》がアンダーに?」

深海が疑問を呈《てい》す。

「〝はぐれ〟か」

「そうですね……」

はぐれ……明らかにその階層にそぐわないレベルのモンスターが突如、出現する現象である。極めて危険な現象として認知されており、運悪く遭遇してしまった者の犠牲が後を絶たない。

「蒼谷さん、こいつはモンスターですか? それとも妖獣?」

「わからん……どっちにしても戦闘を回避しないといけないことだけは確かだ」

「助け……て……」

巨大蜥蜴の目の前には中学生くらいの女の子がへたり込んでいる。

その傍らには、倒れて動かない男性がいた。

「子供が……攻略者候補生か……!? 倒れてるのはコーチですかね」

深海が焦った様子で言う。

「そうかもな……」

「「!?」」

その瞬間、巨大蜥蜴が勢いをつけるように上体を逸らし、今にも女の子に噛《か》みつくようなモーションを取る。

「っっ」

深海は唇を噛み締めるようにして、巨大蜥蜴と女の子の間に割り込み、巨大蜥蜴の攻撃を盾で受ける。巨大蜥蜴の突進により、強い衝撃を受けるもなんとか耐える。

そして、必死の形相で後ろの女の子に叫ぶ。

「君！　離れて！　それと、ＳＯＳ配信を頼む……！」

「は、はいっ」

女の子は指示に従い、なんとか距離を取る。

と、巨大蜥蜴がもう一度、首を反り、再度、深海の盾に向かって、頭突きをする。

「ぐわっ」

巨大蜥蜴にとって、先程の攻撃は小突いた程度であったのか、今度は深海がバランスを崩し、吹き飛ばされる。

「くっ……！」

ミカゲは先程拾った刀をその場に捨て、両手剣で巨大蜥蜴の頭部に斬りかかる。

叩き付けるような剣撃は巨大蜥蜴の頭部に命中する。

しかし、巨大蜥蜴の硬い皮膚に阻まれ、表皮にすら傷をつけることができない。

全く動じることのない巨大蜥蜴がギロリとミカゲを睨《にら》みつける。

「っ……！」

巨大蜥蜴は左腕を地面に叩き付けるようにミカゲを攻撃する。

ミカゲはなんとかバックステップでそれを回避する。

「蒼谷さん！」

先程、吹き飛ばされた深海がミカゲを援護するために再び巨大蜥蜴に近づく。

巨大蜥蜴の視線がちらりと深海を見据える。

「っ!!　来るな！　深海！　避《よ》けろ！」

「えっ！」

巨大蜥蜴は素早い動作で口から火炎の弾を発射する。

深海は咄嗟《とっさ》に盾でそれを防ごうとする。

「っ……！」

しかし、深海の盾の火炎弾を受けた部分はドロドロに溶融し、その延長線上にあった深海の右腕も消滅していた。

「ぐぁああああああ!!」

深海は痛みに悶絶《もんぜつ》する。

（くそ……！）

「こっちだ！　トカゲ！」

ミカゲは巨大蜥蜴の気を逸らすように左腕部に攻撃を加える。

案の定、剣は硬い皮に弾き返されるが、巨大蜥蜴はミカゲの方を向き、次第に深海からは離れていく。

巨大蜥蜴の攻撃をなんとか避け、受け流し続けるミカゲ……。

しかし、相も変わらず硬い皮膚に阻まれ、攻撃は少しも通らない。

深海は気絶し倒れている。女の子が応急処置のようなことをしようとしている。

（くそ……この武器じゃ攻撃が通らない……）

巨大蜥蜴に圧《お》されてじり貧となる。

（俺にもっと強い宝物が使えたら……）

ミカゲは自然と唇を噛み締める。

（くそ……努力じゃどうにもならないのかよ……）

その時、ミカゲは先程、捨てた〝刀〟が転がっていることに気が付く。

（レベルゼロの刀……はは……何考えてんだ、俺は……）

半分諦めたようにミカゲは空笑いする。だが……。

（やけくそだ！　ちくしょう!!）

ミカゲは刀を拾い、巨大蜥蜴の右腕に斬りかかる。

グギャァ!!

「っ!?」

（あれ……？）

今まで、どれだけ攻撃しても傷一つつけられなかった巨大蜥蜴の皮膚に傷がつき、赤い血が染み出ている。

（……もしかして少し効いている？）

ミカゲは更に巨大蜥蜴の右腹部を斬りつける。

斬りつけた部分に切り傷ができていることが確認できる。

（やっぱり効いている……！）

巨大蜥蜴が身体《からだ》を大きくひねり、尾による回転攻撃を加える。

ミカゲはジャンプでそれをかわしつつ、すれ違いざまに尾にも一撃加える。

更に巨大蜥蜴の背中に飛び乗り、五月雨に数発の斬撃を加える。

巨大蜥蜴は怒るように暴れるが、ミカゲはその前に背中から離れ、地面に着地する。

グルルル……。

巨大蜥蜴が正面からミカゲを睨みつける。

（小さなダメージは入っている。だが、とてもじゃないが討伐には至れない……）

「っ!?」

と、巨大蜥蜴が強く息を吸い込みながら、身体を大きく仰《の》け反る。

（やばい……強いのが来る……！）

ミカゲは巨大蜥蜴の直線上から逃れようとする。

が、巨大蜥蜴はそれを見越してか、ターゲットを深海と女の子へ変更するように頭の方向をずらす。

「くっ……！」

ミカゲは再度、巨大蜥蜴の直線上へと戻る。

（ちくしょうが……！）

もはやダメ元で一撃にかけるように、ミカゲは巨大蜥蜴の頭部方向に突撃していく。

「うぉおおおおおおお！」

強い光が放たれる。

次第に光が収束する。

（あ、あれ……？）

ミカゲは生きている。

魔法陣のようなもので、守られていた。

グギャ!?

予想外の結果に巨大蜥蜴も動揺する。

「ミカ兄、大丈夫？」

第三者の声に、ミカゲはそちらの方を見る。

「うそ……蒼谷……アサヒさん……？」

要救助者の女の子がその人物の名を呟《つぶや》く。

「アサヒ……」

そこにはミカゲの弟であるＳ級攻略者の蒼谷アサヒとその二人の仲間がいた。

「なんとか間に合ってよかった。ＳＯＳ配信でミカ兄が映し出された時は驚いたよ」

「確かに驚きだ。遊撃者がよくここまで耐えたものだ」

屈強な戦士風の男はそう言いながら、剣で巨大蜥蜴の頭部をぶん殴る。

グギャァアアア！

巨大蜥蜴は斬られるというより打撃を受けたかのように吹き飛ばされる。

【レイ・ステイン（二十八歳・男）国：米　A級攻略者】

「……アンダーは暗いから苦手」

杖を持つ魔法使い風情の金の髪の女はそんなことを言う。

【ステラ・ミシェーレ（二十二歳・女）国：仏　A級攻略者】

「ミカ兄、要救助者もいるようだし、この巨大蜥蜴は僕が処理しちゃってもいいのかな？」

「あぁ……頼む……」

「了解」

そう言うと、アサヒは巨銃を構える。

「さて……」

アサヒが冷たい瞳で巨大蜥蜴を見据える。

すると巨大蜥蜴は激しく震え始め、咆哮を上げたかと思うと、一目散に逃走する。

「あれ……？　逃げちゃったか……まぁ、結果オーライか」

アサヒは素《す》っ頓狂《とんきょう》にそんなことを言う。

（……凄《すさ》まじい威圧感だ）

アサヒは存在するだけで空気が張り詰めるような存在感を発しており、ミカゲは弟ながら少し恐ろしく感じる。

「あれ？　ミカ兄のその宝物……」

「あっ、深海……！」

ミカゲは一瞬、呆然《ぼうぜん》としてしまうが、重傷である深海のことを思い出す。

「すまん、アサヒ！　恩に着る……！　また今度……！」

「あ、うん……」

そうしてミカゲは深海を救護施設に連れていくために、急いで、その場を離れる。

残されたアサヒとその仲間は一瞬、呆気《あっけ》に取られたような顔をするが、杖《ステラ・ミシェーレ》を持つ女性が口を開く。

「あれがあなたの兄の……」

「そう……僕の憧れの人さ」

「……」

ステラは疑念や嫉妬をはらんだような複雑そうな顔をのぞかせる。

「遥《はる》か高みに来てしまった今でも？」

今度は屈強な男、レイが質問する。

「何を言っているんだい？」

「……？」

「兄はいずれ必ずここまで来る」

アサヒは自信ありげに言い放つ。

「『……？』」

二人は「何言ってんだこいつ」と言うように、ステラはいぶかしげに、レイは目を点にして首を傾げる。

◇

「……」

深海はベッドの上で目を覚ます。

「深海……よかった」

「蒼谷さん……」

「ごめんな、家族が来るまでの間と思っていたが……」

「いえ……」

（……っ）

深海の頬を雫《しずく》がつたう。

（……）

深海は左腕で顔を覆う。

「蒼谷さん……俺……腕、なくなっちまいました……」

（……）

　ミカゲは言葉が見つからなかった。

「蒼谷さん……隻腕の攻略者っていましたっけ……？」

「すまん……俺は……知らない……」

「……じゃあ、俺が最初になるしかないっすね」

「………あぁ」

「蒼谷さん……諦めてないんでしょ？」

「っ!?」

「なってくださいよ。攻略者……俺も追いかけるんで……」

「っ！　………あぁ」

◇

　ミカゲは病院を出て一人、夜道を歩く。

（………攻略者か……）

　ミカゲはなんとなく空を見上げる。

（遊撃者の多くは深海のように攻略者になる夢を諦めきれない奴か、小さい時からそれだけをしてきて他に何もできない奴。ごく稀《まれ》に事務所の目に留まり、遊撃者から拾い上げで攻略者になる奴も

いるが、それは相当な数字を残している奴……そんな奴は宝物特性が元々、レベル八以上というオチだ）

「はぁ……」

ミカゲは溜息《ためいき》をつく。その時であった。

ＴＲＲＲＲ。

「ん……？」

ミカゲのデバイスに着信がある。

「はい……蒼谷です。はい……はい……？　あのー、いたずら電話やめてもらえませんか？」

◇

数時間前――。

「へぇー、アンダーに〝はぐれ〟ねぇ……可哀想《かわいそう》に……」

ＳＯＳ配信で巨大蜥蜴に苦戦するミカゲの姿を暗い部屋で観《み》ている研究者のような白衣の女性がいた。白衣女性はぽけーとポテチを食べながら観ている。

しかし……。

「ん……？　…………んん!?」

次第に画面をめちゃくちゃ近づけ、食い入るように見始める。

「すまない、今日、アンダーでＳＯＳ配信していた遊撃者のこれまでの映像《アーカイヴ》があれば提供してもらいたい。あぁ、そうだ。あるものは全て頼みたい」

3．初配信

「ここが墨田《すみだ》ドスコイズ事務所の本社か……」

ミカゲは緊張しながらドアの前で佇《たたず》む。

（だ、大丈夫か、ここ……）

そこは雑居ビルのワンフロアで少し不安になるミカゲであった。

「お、あなたはもしかして蒼谷ミカゲさんかな？」

「っ？」

ミカゲは後ろを振り返る。

そこには整った顔立ちで橙《だいだい》に近い明るい髪ではあるが、割と普通の佇まいのスーツ姿の若い男性がいる。

「あ、はい」

「話は聞いていますよ、どうぞ中へお入りください」

（あー、よかった。普通っぽい……）

「……なんでこんなくそ雑魚そうな奴を……」

男性はぼそりと呟く。

「ん……？」

「あー、いえいえ、なんでもないです。どうぞこちらへ」

男性はニコニコしている。

「さー、こちらへ」

男性が案内した扉の前には社長室と書かれていた。

（ごくり……）

ミカゲは息を呑む。

「社長、入りますよ」

部屋は薄暗く、生活感のする雰囲気であった。

「こちらが今回、（何を血迷ったのか）貴方《あなた》をスカウトしたA級攻略者の仁科《にしな》社長です」

ゲーミングチェアのような椅子に白衣姿の小柄な女性がジト目のアンニュイな顔でミカゲの方を見る。

【仁科揺《ゆらめ》（二十六歳・女）　A級攻略者　墨田ドスコイズ社長】

（うわー、改めてだが、俺でも知っている人だ……確か、先日のアサヒの配信の解説もやってた人だよな）

仁科揺……その可愛《かわい》らしい見た目に反し、アンニュイで毒舌なコメントが人気のA級攻略者である。

「あ、あの……初めまして……蒼谷ミカゲと申します」

「……初めまして……仁科揺です。蒼谷ミカゲさん、今日から墨田ドスコイズで一緒に働けることを嬉しく思います」

「はい」

（あれ……思ったよりまともだ……）

「あ、聞いておかないとな。ちなみに他の事務所からは声は掛かってないだろうな？」

「あ、はい……」

「なら、よかった」

揺はほっとしたように軽く息を吐く。

（……声なんて掛かってるわけないと思いますが）

「そ、それで自分は今後、どうすれば……」

「あ、そういえば蒼谷さんはどこのパーティに？」

スーツの男性が揺に尋ねる。

「あー、それなんだけど、束砂《つかさ》、君とパーティを組ませようと思っている」

「…………ぇぇ!!」

【佐正《さじょう》束砂（二十一歳・男）墨田ドスコイズ職員】

「えっ？　えっ……ってことは、つまり俺も……」

「おめでとう、今日から君も攻略者だ。そうだな、パーティ名は〝アース・ドラゴン〟なんてどうだ？」

「……」

佐正は呆然と立ち尽くすがうっすらと目頭に涙を浮かべる。

【佐正東砂（二十一歳・男）　墨田ドスコイズ職員　改め　E級攻略者】

（えーと……どういう……）

「それでミカゲよ」

「……はい」

「宝物レベルが高い武器は確かに強い」

（……？）

揺は唐突に語り出す。

「だが、多くの人が誤解しているが、宝物レベルが低いからといって、その宝物が必ず弱いというわけではない。確率は低いがな」

「!?」

「君の宝物特性はレベル三だそうだな」

「レベル三……!?　ぷぷっ」

佐正は馬鹿にするように頬を膨らませる。

（……こいつ……）

「東砂も六でしょ……」

「あ、ばらさないで！」

佐正は焦るように言う。

（六……!?）

「だが、ミカゲ、束砂は天才だ」

「!?」

「…………社長」

「しかし、〝職型〟が特殊でな」

　宝物特性の他に〝職型〟という概念が存在する。

　職型を持つ者はその特性に応じた宝物の力を最大限発揮できたり、特殊能力が使えたりするという。

　かなしいかな、職型の発現確率も宝物特性レベルに依存する。

　レベル五以下は過去に発現例がない。

　レベル六以上でレベルが上がるほどに職型が発現しやすくなる。

　レベル三のミカゲは当然、職型：なし、通称、〝カタナシ〟である。と言っても、人口の半分以上はカタナシであり、特別、不幸というわけでもない。

「そんなこともあり、束砂の能力を活かせる奴を探していた」

（……）

「それが君だ」

「「……」」

「つまり……〝君も非凡だ〟」

「!?」

揺はミカゲを見つめるように確信めいた口調で言う。

予想もしていなかった発言にミカゲは息を呑む。

「期待している」

「……は、はい……！」

ミカゲがたどたどしく返事をすると揺は少しだけ口角を上げる。

「それじゃあ、早速だが、二人に最初のクエストだ。とても重要で興味深いクエストだ」

「「……はい！」」

二人は緊張しつつもドキドキするような表情を見せる。

「アンダーに行ってきてくれ」

（……!?）

二人はシンクロするようにショックを受けた顔をする。

（こ、攻略者になったのに……ま、また、アンダー？）

「アンダーに向かう目的は主に二つ」

（……？）

「一つ目は〝刀〟だ」

「刀……？」

「刀は謎が多い宝物でな、アンダーでしか発見されていない。そして、必ずレベルゼロ……」

（そうだったのか……末端の俺は存在すら聞いたことがなかった）

「なんだが、そこらのレベル五以下の宝物よりは遥かに強力だ」

（……確かに、あの時、この刀なら蜥蜴に傷をつけられた）

「だからアンダーを探索しまくって、刀をもっと探してきてほしい」

「なるほどです……」

（でも、なんで俺なのだろうか……）

「……っ！　ひ、ひょっとして、この刀……自分にしか使えないとか……？」

「いや、それはない。レベルゼロだから誰にでも使える」

揺は真顔で即答する。

（恥ずっ……）

「ただ、君にしか使えないというわけでもないが、君にとって有利な点もある」

「え……？」

「私の研究によると、刀を使用する者が〝カタナシ〟だと出力が八％ほど上がるデータがある」

「……！」

「よかったな！　君はこれだけでも選ばれた人だ」

（それは嬉しいのだけど、カタナシって人口の半分いるわけで……それに八％ってどうなんだ……）

「まぁ、刀の話はこれくらいにしておこう」

（え……？　終わり……？）

「次に二つ目の目的についてだ」

「……」

「時にミカゲよ」

（……？）

「君はアンダー、地下二層をご存知かな？」

「えっ？　あるんですか？」

地下層は横に広いが一層しかないのは常識であった。

「当然だ。ないわけないだろ」

「えっ……どこにでしょう……」

揺の口元がニヤリとなる。

「それを探すのが君たちの最初のミッションだ」

◇

「あの……佐正さん、よろしくお願いします」

社長室を出たミカゲはひとまず佐正に挨拶する。

「……東砂でいいっすよ、自分、年下みたいですし」

「あ、はい……」

「こちらこそよろしくお願いします、ミカゲさん」

佐正は少し不愛想にも見えたが、挨拶をしてくれる。

「先程は無礼な態度、失礼しました。正直、突然現れた人にまた先を越されるのかと思い、それなりに悔しくて……」

「あ、いえ、別に大丈夫ですよ」

（……その気持ちは痛いほどわかる）

「ありがとうございます。早速ですが、ミカゲさん、向こうで軽く話しましょうか」

「あ、承知です」

そう言って、佐正は事務所内の対面で座って話すことができる応接スペースにミカゲを誘導する。

ちなみに事務所には他の人は誰もいなかった。

「にゃー」

（お……？）

応接スペースに来るとどこからともなく猫がトコトコとやってきて佐正に甘える。

キジトラ模様の猫だ。

「あ、こいつはおにぎりっていいます。ミカゲさん、猫は大丈夫ですか？」

「あ、はい、問題ないです」

「よかった」

佐正は割と本当にほっとしたような表情を見せる。

「にゃー」

（お……？）

おにぎりと呼ばれる猫はトコトコとミカゲのところにもやってきて、頬を擦り付ける。

（きゃわ……）

「まじか」

佐正は目を丸くして驚く。

「え……？」

「おにぎりが初見の人にそんな態度取るのは初めて見ましたわ」

「そ、そうなんですね」

（……ちょっと嬉しい）

ミカゲはよしよしとおにぎりの喉元を撫でる。

「まぁ、今後のことを考えるといいことなんですが、ちょっと悔しいっすね……」

佐正は少し眉をひそめながら、そんなことを言う。

「まぁ、それは置いておいて、それじゃ、ちょっと、例の刀……貸してもらってもいいすか」

「え……？　あ、はい」

ミカゲは言われるがままに、揺に持ってこいと言われていた先日、入手した刀を佐正に渡す。

「なるほどね……」

佐正は刀を眺める。

「んじゃ、ミカゲさん、早速、この刀……〝覚醒〟させてもいいですか？」

「え……！　覚醒……!?　さ、佐正さん、ひょっとして……」

「……」

「希少〝職型〟の〝覚醒師〟!?」

「まぁ、一応……」

「すご……そりゃあ天才と言われるわけだ」

「ただ、さっき社長にばらされましたけど、宝物特性はレベル六です」

「な、なるほど……」

職型の発現は宝物特性レベルに依存する。

レベル五以下は過去に発現例がなく、レベル六以上でレベルが上がるほどに職型が発現しやすくなると言われている。

そういう意味では、佐正のようにレベル六で職型が発現することは稀である。

そんなこともあり、攻略者の九十五％がレベル八以上、四．五％がレベル七、それ以外は〇．五％以下という統計がある。

「自分は宝物に宿った〝潜在能力〟を覚醒させてやることができます」

「すごいっす！」

「光栄です」

佐正は少し照れくさそうにする。

「ひとまずこの刀、〝鑑定〟していいですか」

「あ、鑑定もできるんですね。是非、お願いします」

「了解です」

そう言うと、佐正は刀を凝視する。

「終わりました。こんな感じですね」

佐正はメモ用紙に書き出して、渡してくれる。


＝＝＝＝＝＝＝＝＝＝＝＝＝＝＝＝＝＝＝＝＝＝＝＝＝＝＝＝＝＝＝＝

【刀】
Lv 0
攻撃：A
防御：B
魔力：C
魔耐：A
敏捷：B
効果：なし

＝＝＝＝＝＝＝＝＝＝＝＝＝＝＝＝＝＝＝＝＝＝＝＝＝＝＝＝＝＝＝＝

「おぉー……」

ミカゲにとってはAの文字を見るだけでも心が躍った。

Aと言っても十段階の真ん中くらいではあるが、それでも彼が今まで使用していた宝物アイロンソードとは比べ物にならないほどに高性能であった。


＝＝＝＝＝＝＝＝＝＝＝＝＝＝＝＝＝＝＝＝＝＝＝

【アイロンソード】

Lv3

攻撃：D

防御：B

魔力：E

魔耐：D

敏捷：C

効果：なし

＝＝＝＝＝＝＝＝＝＝＝＝＝＝＝＝＝＝＝＝＝＝＝

「それじゃあ、早速ですが、この刀、覚醒させていいですか？」

佐正が切り出す。

「あ、はい、お願いします」

「承知です、それじゃ、いきますよ」

そう言って、佐正は刀に両手をかざす。

「終わりました。持ってみますか」

佐正はミカゲに刀を差し出す。

「はい」

ミカゲは恐る恐る刀を受け取る。

（すごい……）

特段、重いわけではない。

しかし、持っただけで力があふれてくるようであった。

「鑑定結果はこちらです」

佐正はメモ用紙をミカゲに渡す。


＝＝＝＝＝＝＝＝＝＝＝＝＝＝＝＝＝＝＝＝＝＝

【刀：重熾《じゅうし》】
Lv 0
攻撃：AAA
防御：B
魔力：B
魔耐：A
敏捷：AA
効果：重量変化

＝＝＝＝＝＝＝＝＝＝＝＝＝＝＝＝＝＝＝＝＝

（ＡＡＡ……!?）

「まぁ、だいたいレベル七相当の強さですかね。効果は、正直微妙ですかね。それでも悪くもないとは思いますが」

（れ、レベル七相当……？）

「あの、ありがとうございます、えーと……すみません、先に確認すべきでしたが、料金の方は？」

ミカゲは佐正に確認する。

「はい？　あ、えーと……あー、じゃあ、五十万円で」

佐正は一瞬、豆鉄砲をくらったような顔をした後、少しだけ意地の悪い笑みを浮かべながら言う。

（う……ほぼ全財産……だけど……）

「了解っす、今、手持ちないので、後で引き出してお渡しします」

「って、ウソですよ？　冗談ですよ！」

ミカゲが真顔で言うので、佐正は慌てて訂正する。

「え？」

「いや、だから冗談ですって」

「いや、普通に五十万くらい払いますって、むしろ払わせてください！」

「えぇ!?」

謎に食い下がってくるミカゲに佐正は困惑する。

「ひょっとしてミカゲさんって、金持ち？　ってか、よく考えたら弟さんがあのアサヒさんだし、当たり前か」

「いや、そんなことはないです」

（ほぼ全財産だし……それに……）

「アサヒからは一円たりとももらってませんし」

「え、そうなんですか？　じゃあ、なんでそんな払いたがるんですか!?」

「それだけの価値があるからってだけですが……」

「……!?」

佐正ははっとしたような表情を見せる。

「レベル七相当ですよ？　その意味わかりますか？」

「え、そりゃ、わかりますけど……って、……おぉう!?」

佐正が改めてミカゲの顔を見ると、涙こそ流してはいなかったものの目が赤くなっていた。

「すみません……ちょっと泣きそうです。でも自分にとってそれくらいの話なんです。レベル七相当が使えるってことは……」

十歳の宝物特性レベルの測定から、十五年弱、レベル三以上の力を秘めた宝物が使えるなんて。

（夢にも思わなかった……いや、違う。どれだけ夢想したことか……）

ミカゲは弟のことは尊敬していた。そこに嘘偽《うそいつわ》りはない。

しかし、尊敬と羨望《せんぼう》は両立する。

どれだけトレーニングを積んで、努力しても届くことのない高み。

羨《うらや》ましくないわけがなかったのだ。

レベル七相当が使える。それはミカゲにとって……。

「なんなら……ローン組んでもいいくらいです」

「……こ、光栄です……そんな風に思ってもらえて」

佐正はしばし呆然とする。

「ただ、改めてお代はいりません」

「え!?　なんで!?」

ミカゲは本気で驚いたような反応を見せる。

「その……相棒なんですから……」

佐正は照れくさそうに言う。

「……!?」

「あと、忘れてそうですが、自分が攻略者になれたのもミカゲさんのおかげなんですよ」

「……!」

(……それについては、揺さん曰《いわ》く、そうっぽいのだが、なんで俺なのか……心当たりがないんだよな……)

「あ、ちなみに宝物の覚醒には、制約条件があります。まず同時に覚醒させられる宝物の数に上限があります。詳しいことはわからないんですけど、レベルが高い宝物ほどコストが掛かるらしいです」

「な、なるほどです……」

「で、実は自分はすでにその上限に達していて、新たに宝物を覚醒させることができないんですよ」

「え……!?」

「なんですが、一つ特例があります」

「……！」

「わかりますよね？　それがレベルゼロの宝物です」

「!?」

「不思議なことにレベルゼロの宝物はコストゼロ。要するに無制限に覚醒させることができるってわけです。これは覚醒師の中でも多分、自分だけの特性です」

（つまり、レベルゼロの宝物さえ探し出せば、レベル七相当のものが誰にでも使えるってことか……佐正さん、すごすぎる……）

「あと、さっき社長から餞別《せんべつ》でもらったものがありますよね？」

「あ、はい……この鞘《さや》です」

ミカゲは一本の鞘を出す。

「そいつは〝集鞘《しゅうそう》〟っていいます。これからそいつの能力を説明します」

＝＝＝＝＝＝＝＝＝＝＝＝＝＝＝＝＝＝＝＝＝＝＝＝＝＝

【鞘：集鞘】

Lv0

攻撃：－

防御：－

魔力：－

魔耐：－

敏捷：－

効果：無制限納刀

＝＝＝＝＝＝＝＝＝＝＝＝＝＝＝＝＝＝＝＝＝＝＝＝＝＝

「効果：無制限納刀で、複数の刀を持ち運びできるようになります」

「……！」

「まぁ、それが社長が刀を探してこいと言った理由でしょうね。理論上、刀の数だけ選択の幅が広がるってことですよ。あの人が〝自分〟と〝この鞘〟を拾って、刀の有用性に気付いてから、ずっと思い描いていた戦略がきっとこれなんでしょう」

「……すごいです……なんか緊張してきました」

ミカゲは息を呑むのであった。

◇

数日後――。

「それじゃ、一応……墨田ドスコイズ所属のパーティ〝アース・ドラゴン〟による初配信……アンダー攻略、始めていきます……」

佐正が幾分、気だるげな様子で配信の開始を宣言する。

撮影ドローン宝物が浮遊を始める。

撮影ドローン宝物は自動で撮影、録音し配信してくれる。

揺に提供してもらった高級ドローンならば、イヤホンを通して視聴者のコメントを自動でピックアップして知らせてくれる。

戦闘に集中したい時などはオフにすることもできる。

更にはモンスターの名称や危険度も提示してくれるという優れものだ。

《名無し：観てるぞー》

《DB：ミカゲさん、がんばー》

(……お、身内かな？)

早速、いくつかコメントが耳に入る。

ちなみにユーザ名を指定していない視聴者の場合、〝名無し〟となる。

《名無し：プロフ見たけど、レベル六覚醒師とレベル三ってマジ？　しかもなんでアンダー？　揺

さん、また奇抜なことやろうとしてる笑》

ミカゲは誰も観てないかもしれないと少し心配していたが、十五人ほどの視聴者がいた。

一部の身内と、揺のファンで揺が運営する墨田ドスコイズのパーティは全て最初は確認する層だろうと予想した。

低レベル攻略者については珍しくはあるものの、実のところ過去にそういった攻略者が存在しなかったわけでもない。

E級攻略者になるための条件は、〝事務所が攻略者登録する〟。

それだけである。

コネや配信のバズり目的で低レベルの攻略者が登用されることは稀にだがあった。

だが、そのような者は正式な試験があるD級以上になることはできず、結局、一発ネタの域を越えることはなく、視聴者からしても低レベルへの物珍しさに対して、そこまで大きな関心事ということはなかった。

なお、ミカゲはアサヒの兄であることは特段、公表していなかった。

「まぁ、社長から配信は必ずやれって言われてるんで、仮に誰も観てなくてもやっていきます」

佐正は淡々とそんなことを言いながら歩き始める。

《捨て身：期待》

「ありがとうございまーす」

（……）

これまで遊撃者として、誰にも見られることなく活動していたミカゲにとって、嘘でも期待してくれている人がいることは嬉しかった。

「にゃー」

心なしかおにぎりも嬉しそうだ。

《名無し：猫？》

《捨て身：癒やし枠》

《名無し：いや、確かに可愛いけどペット連れてくんかい》

（……）

早速、同行している猫のおにぎりに対するコメントが来る。

ミカゲは佐正が何か対応するかと思ったが、佐正は特にコメントに反応することもなかった。

《DB：ってか、覚醒師で自分が攻略者やってるの珍しいな。なんなら初めて見たかも》

《名無し：確かに。鈴雪未束《すずゆきみさと》に怒られそう》

「……」

佐正はコメントにぴくりとする。

（……鈴雪未束さんって有名な覚醒師だよな。A級の攻略者にも相当な宝物を提供していたはず）

などとミカゲが考えていると……。

グエグエグエ。

「……！」

体高一メートルはありそうな巨大なカエルが正面の岩陰から飛び出してくる。
《名無し：妖獣きたー！》
ドローンが名称と危険度を報《しら》せてくれる。
【妖獣　炎蛙《えんかわず》　危険度五十一】
危険度は一〜九十九の数値、それより上の危険度をⅠ〜のギリシャ数字で表現する。
ギリシャ数字の危険度は基本的にＡ級攻略者以上が挑むことを推奨されている。
＝＝＝＝＝＝＝＝＝＝＝＝＝＝＝＝＝＝＝＝＝＝＝＝
【危険度：推奨等級】
70〜：Ｄ級以上
80〜：Ｃ級以上
90〜：Ｂ級以上
Ⅰ〜：Ａ級以上
＝＝＝＝＝＝＝＝＝＝＝＝＝＝＝＝＝＝＝＝＝＝＝＝
「え!?　危険度五十一!?」
（いきなり強いの来た……！）
アンダーの妖獣の危険度は一〜二十くらいがほとんどだ。
「ちょうどいい。ミカゲさん、俺にやらせてください」
佐正が言う。

「え、うん」

「ありがとうございます」

佐正は前に出る。

と同時におにぎりが佐正の右肩に乗る。

「にゃー」

佐正はおにぎりを左手で一撫でする。

「おにぎりはペットじゃなくて、俺の宝物《たからもの》だ」

同時に、おにぎりの身体がどろっとした流体状に変化する。

《DB：生物の宝物？　前例あったか？》

《名無し：聞いたことないな》

グエグエグエ。

炎蛙は仰け反るような動作の後、口から直径一メートルほどの火球を佐正に向けて放出する。

「おにぎり頼む」

「にゃー」

佐正は右手を前に出す。

「水壁《ウォーター・ウォール》」

おにぎりは液状の円となり、佐正と火球の間に水のバリアのように立ち塞《ふさ》がる。

火球はその勢いを失い、落下する。

《名無し：まさかの猫バリア》
《DB：なんだあれ？　水みたいになったぞ》
《捨て身：猫は液体》
「反撃だ、おにぎり」
「にゃ！」
おにぎりは猛然と炎蛙に向かっていく。
「水　切《ウォーター・カッター》」
おにぎりが炎蛙と交差するようにすれ違う。
グエ……？
炎蛙は何が起きたかわかっていない様子だ。
が、次の瞬間、炎蛙が上下に切断され、エフェクトと共に消滅する。
《名無し：おー、やるなー》
《DB：猫、強っ》
「……」
ミカゲも佐正の実戦を見るのは初めてであったが、いとも容易《たやす》く危険度五十一の妖獣を仕留めたことに唖然《あぜん》となる。
事前に話は聞いていたのだ。

◇

揺に呼び出され、事務所を訪れ、佐正とパーティを結成したあの日、応接スペースにて——。

「おにぎりは俺の昔からの相棒です」

「え？　ということは戦うってことですか？」

「そうです。俺の武器であり、盾でもあります」

「つまり……おにぎりは宝物？」

「いえ……普通の猫…………でした」

「……？」

（……でした？）

「おにぎりは俺が〝覚醒〟させた液状どろどろゾンビ猫です」

「えっ⁉　ゾンビ猫⁉」

「にゃー」

おにぎりはミカゲの方を向いて溶けてみせる。

（……うわ、本当に液状だ。ドヤ顔可愛い……）

「え、ってか、宝物でないものを覚醒ですか？」

「はい……それが俺の特徴でもあり、異常性でもあります。恐らく宝物でないものを覚醒させたり、ましてや生物を覚醒させたりした奴は過去に例がないはずです」

「な、なるほど……すごいですね……」

「……ありがとうございます。ただ、実際、覚醒師としては微妙なんですよ。さっき自分は覚醒のコストを全て使いきっていると言いましたが、それがこのおにぎり一匹で占有してるんです」

この時、佐正はミカゲに覚醒には、制約条件があることを話していた。

その制約条件とは、同時に覚醒させられる宝物の数に上限があり、レベルが高い宝物ほどコストが掛かるということである。

そして、佐正はすでにその上限に達していて、新たに宝物を覚醒させることができない。

「覚醒師ってのはレア職型ではあります。一方で攻略者には不向き……いや、不向きでなかったとしても、攻略者に尽くす方が、その才能を遺憾なく発揮できるというのが通説なんですよ」

（……覚醒師は宝物を覚醒させることに注力し、攻略者を支援した方が全体としては利益が大きいということか）

「でも、自分はおにぎりの覚醒を解きたくもないし、攻略者にも憧れたわけです」

（……）

「まぁ、そんなわけで自分は覚醒師の中で異端者扱いの半端者というわけです」

「いいと思います！」

「……!?」

「なんか……自分なんかが言うのもおこがましいというか……上手《うま》く言葉にできないですが……支援職を否定するつもりは毛頭ありません。ただ、全体のために自分の夢を諦めるのはなんか違うと思います。だから……佐正さんは間違ってないと思います」

「……！」

佐正は目を丸くする。

「……だから、東砂でいいですって」

佐正は呟くように言う。

「こ、こっちにも心の準備というものが……」

「なんですかそれ。まじめですか？　いいじゃないですか。自分、年下みたいなんで」

佐正はそんなことを言いながら、くすりと微笑む。

◇

現在――。

「つ、東砂、ぐ、グッジョブ！」

佐正の圧巻の活躍に若干、引きつり気味の笑顔となるが、ミカゲはサムズアップする。

「あざっす、残念ながらドロップはなしですね」

「そ、そうだね」

現在、ミカゲの所持する唯一の刀〝重熾〟は妖獣の棍猪討伐によるドロップ品から入手した。

そのため、刀探しの方針としては、基本的にはモンスターのドロップ狙いであった。

「まぁ、ひとまず引き続き探索ですかね」

「了解」

「にゃー」

佐正の提案にミカゲとおにぎりは同意する。

そうして二人と一匹は移動を開始する。


アンダーは過去に誰も探索していなかったわけでもなく、実は完成されたマップが存在する。

二層探索の方針を検討するに当たり、ミカゲと佐正は思う。〝完成されたマップがあるのであれば、本当に二層なんてあるのだろうか、さて、どうしたものか〟と。

考えた結果、都合よくいい案が思いつくものでもなく、ひとまずマップを埋めるように、くまなく再確認を行うことにした。

そして、炎蛙以降、しばらくは危険度の高い妖獣が現れることもなく、低危険度の妖獣が時折、現れたものの、トレジャーボックスがドロップすることはなかった。

探索初日はマップの五％ほどを確認したが、特に変わったところもなく、これといった成果も得られていなかった。

「ミカゲさん、今日は特に収穫なしっすね」

「そうだね」

配信は垂れ流しにしていた。

最初に佐正がおにぎりで活躍こそしたが、その後は山も谷もない探索が続き、退屈だったのか当初十五人いた視聴者は五人にまで減少していた。

少々、残念ではあるものの、ある程度、想定していた結果でもある。悲観するほどのものでもない。

(今日はそろそろ撤収か……)

ミカゲがそう思った時であった。

「ミカゲさん」

「あっ」

二人の眼前に新たな妖獣が出現する。

ドローンがその黒くて大きな蜘蛛《くも》の姿をした妖獣の名称と危険度を報せてくれる。

【妖獣　祟蜘蛛《たたりぐも》　危険度四十二】

(危険度四十二……だいたい梶猪と同じくらいか)

ミカゲは息を呑む。

「今度はミカゲさん、やります？」

と、佐正がひょうひょうとした様子で提案してくる。

「え？」

「危険度四十くらいなら、ちょうどお手頃じゃないですか。自分は手出ししないっす」

《名無し：宝物特性レベル三に危険度四十二はちょっと高いと思うけど、大丈夫かー？》

佐正の発言に対し、ミカゲを心配するようなコメントがつく。

が、しかし……。

「わかった。やってみる」

ミカゲは佐正の提案を受け入れる。

(危険度四十前後は遊撃任務で何回か戦ったことがある。深海と二人ではあったけど、なんとか倒せていた。今回は一人とはいえ、できなくはないはずだ)

ミカゲは覚悟を決め、崇蜘蛛の正面に立ち、刀の柄《つか》に手を添える。

「いきます」

そう呟き、一歩踏み出す。

(……!)

ミカゲは驚く。

崇蜘蛛は呻《うめ》き声を上げげながら消滅していく。

《名無し：え、レベル三にしては、結構、やるじゃん》

コメントのおかげで自分がそれをやったことを改めて認識する。

あまりにも軽く、速く、そして容易であった。危険度四十二の妖獣に対してなんの緊迫感もなかった。

「どうです？　重熾は？」

佐正がにやりと口角を上げて聞いてくる。

「え、えーと、なんというか……すごい？」

「ミカゲさん、もうちょい気の利いたコメントしてくださいよー。配信中ですよ」

「あ、ごめん……」

（これがレベル七相当……？　レベル七とは、こんなにも速く動けるものなのか？）

それはミカゲが初めて体感したレベル七相当の世界であった。

ミカゲは準備時間があるのであれば、ぶっつけ本番で挑むような人物ではない。

可能な限りしっかりと準備をするし、相手がわかっている状況ならしっかりと分析もするようなタイプだ。

そのため、当然、ミッション開始前に、重熾を使用した素振りやシミュレーション訓練等も行っていた。

しかし、トレーニング段階で速い速いと思ってはいたものの、いざ実戦で使用してみると、レベル三との大きな差異に驚きや喜びよりも先に戸惑いが来たのであった。

「あ、アイテムドロップありますね」

「え？　あ、本当だ」

祟蜘蛛の消滅跡に、トレジャーボックスが残っていた。

《名無し：開封タイム～》

数少ない視聴者もトレジャーボックスの開封は楽しみにしているようだ。

「ミカゲさん、早速、開けてみましょう」

「了解」

ミカゲはトレジャーボックスを開ける。

（お……？）

中に入っていたのは紫色に光る石であった。

「……妖石かな？」

「そうですね。さすがにそんなにうまくはいかないかー」

目当ての刀ではなく、佐正は少し悔しそうにする。

「そもそもアンダーは武器性のものが出ること自体珍しいよ」

「そうなんですね」

（……まぁ、遊撃者、二年間やってたから、その辺は詳しい）

「んー、これは〝守りの妖石〟かな」


＝＝＝＝＝＝＝＝＝＝＝＝＝＝＝＝＝＝＝＝＝＝＝＝＝＝＝＝＝＝

【守りの妖石】
Lv１
効果：一定時間、防御力を上昇させる。一度、使用すると消滅する。

＝＝＝＝＝＝＝＝＝＝＝＝＝＝＝＝＝＝＝＝＝＝＝＝＝＝＝＝＝＝

兵器以外の宝物には様々なものがあり、鉱石はその中の代表例であった。

鉱石には強化《バフ》や弱体化《デバフ》のような効果があるものが多いが、それ以外にあらゆる分野の素材としても使うことができ、需要は高い。

「それじゃ、今日は撤収するので配信終了します。しばらく毎日、アンダー探索の配信をしますので、奇特な方はご覧ください」

佐正がそんなことを言い、配信の締めに入る。

《名無し：お疲れー。あんまり期待してなかったけど、低レベルの割に頑張ってるし、猫いる配信は珍しいから、時々、観るかも。登録しておきます》

「「ありがとうございます……！」」

（……おにぎりナイス！）

気付くとお気に入りのパーティを登録する機能である〝パーティファボ〟が四になっていた。

（……）

アサヒの初配信の時は初回でパーティファボが一万を超えていた。

パーティファボ四は決して大きな数字ではないかもしれない。

それでも、ミカゲにとってそれは攻略者になれたということをジワジワと実感させてくれるものであった。

◇

二十二日後――。

ミカゲと佐正の二人はその後もひたすらマップの再確認を継続していた。

「ミカゲさん、やりました……」

「あぁ……」

「アンダー地下層、マップの全走査、完了です……！」

《名無し：パチパチパチ》

《ゆーなて：おめ》

パーティファボは増えたり、減ったりを繰り返しながらも五十人くらいになっていた。

今日は恐らく完走できるだろうということで視聴者も普段より少し多かった。

「って、ミカゲさん、どうするんですか⁉ 全走査完了しちゃいましたよ！ 刀もなければ、ましてや二層への手掛かりなんて皆無ですよ！」

「……うん」

佐正の言う通り、二層への特段の手掛かりもなければ、相当数のトレジャーボックスも開封したが、結局、刀も見つかっていなかった。

「ミカゲさん、自分、正直、さすがに飽きましたわ。アンダーって代わり映えのしない岩場ばかりですし。社長には、そんなものはなかったと伝えて早く上層に行かせてもらいましょう」

「うーん、揺さん、許してくれるかな……」

「ど、どうでしょう……」

《仁科揺＊：許さん》

「「!?」」
《名無し：揺、来てるし笑》
《名無し：本物きたー》
「……束砂、これ、本物だよな？」
「あ、はい……＊ありだから間違いないっすね……」
＊は本人認証済みの証《あかし》であった。
二人は絶望する。が、反面、その瞬間、パーティファボは十くらい増える。

「「……」」

ミカゲと佐正は微妙な表情を浮かべながら顔を見合わせる。

その時であった。

グギャアアアア!!

「「!?」」

突如、別方向からけたたましい咆哮が聞こえてくる。

「妖獣か……？」

《名無し：空気を読む妖獣》

《捨て身：揺マジック》

「み、ミカゲさん、行きましょう」

「りょ、了解」

そうして二人は咆哮のした方へ向かう。

◇

「……！」


向かった先に咆哮の発信元である巨体がいた。

ミカゲは、その姿に見覚えがあった。

そこにいたのは巨大な蜥蜴であった。

それは転機となったSOS配信の時に、遭遇したあの〝はぐれ〟の巨大蜥蜴であった。

ドローンがその妖獣の名称と危険度を報せる。

【妖獣　陽炎蜥蜴《かげろうとかげ》　危険度七十五】

（……こんなところにいやがったのか）

ミカゲの心臓がざわつく。

《名無し：はぐれか？　やばそうなの来たー》

《名無し：危険度七十五？　逃げてー》

「どうします？　ミカゲさん。急に結構強いの来ちゃいましたね。危険度七十五っていうと、一応、D級以上が推奨ですけど」

＝＝＝＝＝＝＝＝＝＝＝＝＝＝＝＝＝＝

【危険度：推奨等級】
70～：D級以上
80～：C級以上
90～：B級以上
I～：A級以上

＝＝＝＝＝＝＝＝＝＝＝＝＝＝＝＝＝＝＝＝＝＝＝＝＝＝

佐正は、この蜥蜴がミカゲにとって深海の右腕を奪った因縁の相手であることを知らない。

「東砂は大丈夫？」

「えぇ、社長にダサいところ見せられませんしね。それに、元より、万年E級でいるつもりもないですので、少し順番が前後するだけです」

「そうだな……」

……という彼らの意思とは関係なく、陽炎蜥蜴は目の前の人間を狩る気満々のようで、早速、上体を逸らす。

「東砂、火炎来るぞ……！」

「ういっす、おにぎり頼む」

「にゃ！」

予想通り、陽炎蜥蜴は素早い動作で口から火炎の弾を発射する。

「水壁」

佐正がおにぎりの水のバリアでその進行を阻害する。

あの時、深海の右腕を奪った火炎弾は水のバリアの前に消滅する。

(深海には悪いが、単純な出力は束砂のおにぎりの方が上手《うわて》だ……)

その間にもミカゲは迂回《うかい》しながら、陽炎蜥蜴の左側面に接近し、腹部に一撃を加える。

グギャっ。

「……」

斬ったところが切れている。

切断面の肉が痛々しく、めくれている。

当たり前のことのようであるが、血が染み出る程度の傷をつけるのがやっとであった前回とは明らかに結果が異なる。

グギャア！

陽炎蜥蜴は左側の前脚を持ち上げる。

(……重熾……重量変化……軽)

陽炎蜥蜴はミカゲを踏み潰そうと何度も地面に打ちつける。

(……)

しかし、当たらない。

ミカゲは最小限の動きで、踏みつけを避けている。

しびれを切らした陽炎蜥蜴が身体を大きくひねり、尾による回転攻撃を試みる。

ミカゲは跳躍によりこれを回避する。

加えて、尾が自身の跳躍下を通過するタイミングに合わせ、刀の重量変化にて重量を最大とする。

（……俺がリベンジを果たしたとして……深海の無念は晴れることはない……）

その瞬間、複雑な思いがミカゲの胸中に去来する。

（それでも……）

「返せよ……深海の腕」

刀を振り抜く――。

グギャアアアアアア!!

陽炎蜥蜴は悶絶するように咆哮し、胴体から離れたその尾はびたびたと暴れている。

陽炎蜥蜴は怒り狂うように強く息を吸い込みながら、身体を大きく仰け反る。

「ミカゲさん、強いの来ます……！」

佐正が忠告する。

「……」

しかし、ミカゲは陽炎蜥蜴の目を見ていた。

（いや……これは……フェイントだ）

陽炎蜥蜴は強い火炎を吐くと見せかけて、くるりと背中を向けて、バタバタとその場を離れていく。

「あ……！」

佐正は陽炎蜥蜴の予想外の動きに反応が遅れる。

ミカゲは素早く反応し、発光する石のようなものを投げつける。

更に追跡しようとするが、切断された尻尾が大暴れしている。

「束砂、崩落するかもしれない。一旦、離れよう」

「了解っす」

◇

「結局、逃げられちまいましたね……」

「にゃー」

「そうだね……」

(……けど、またいずれチャンスはある……かな)

《名無し：すごっ》

「……！」

《名無し：相手、危険度七十五やろ？　こいつら本当にレベル六と三か？　今までのネタ連中とはちょっと違うぞ》

《名無し：いや、レベル六はともかく、あいつはどう見てもレベル三じゃないだろ。どういう原理なんだ？》

《ゆーなて：初見か？　相棒の覚醒師のおかげみたいよ》
《名無し：初見、なるほどわからん　が、ありがとと》
《捨て身：揺やランスが注目するのが少しわかった》
（ん……？　ランス？）
「うお、ミカゲさん。パーティファボ、八十いってますね」
「え、マジ？」
《DB：ミカゲさん、おめでとうございます。そして、ありがとうございます》
（……！　……DB……さん……確か初日から来てくれていた……）
《DB：正直、少し羨ましく思う部分もありました……が、あなたなら納得できます》
（……）
《DB：次に、進みましょう。お互いに》
その時、パーティファボが八十一に増える。
（……深海）
「…………えぇ、ありがとうございます」
「……？　いや、しかし、ミカゲさん、確かにパーティファボは有り難いんですが……本来の目的は全く果たせてなく……」
「あ、うん……」
（……そういえばあれ以来、揺さんのコメントはなく、不気味だ。もういなくなったのかな……）

「にゃー！」

「ん？　どうしたおにぎり」

　おにぎりは先程まで大暴れしていたが、さすがに元気がなくなってきた陽炎蜥蜴の尻尾の方に視線を向ける。

　と、尻尾がエフェクトと共に消滅する。

　その消滅跡からトレジャーボックスが現れる。

◇

　墨田ドスコイズ事務所、社長室――。

「というわけで、今のところアンダー二層の手掛かりは見つかってません」

「知ってるわ！　観てたし」

　佐正の報告を揺はつまらなそうに聞いている。

「しかしですね。社長、入手したんですよ。こちらの〝刀〟を……！」

　佐正はこれみよがしに揺に刀を見せつける。

「知ってるわ！　観てたし」

　しかし、揺は先程と同じ反応だ。

　そう、昨日、陽炎蜥蜴の尻尾から出たトレジャーボックスからはまさかの〝刀〟が発見されたのである。

「社長、お茶を濁すつもりはないのですが、これで手を打ってくれませんか。正直、もう地下籠《ごも》りは発狂しそうです」

佐正は揺にぐいぐいと近づいて、囁《ささや》くように言う。

「……」

揺は少々、不満そうな表情を浮かべてはいる。

「ミカゲも同じか……？」

「え……えーと」

ミカゲは自身に意見を求められると思っておらず、少し考えてしまう。

「自分はぶっちゃけまだまだいけますけど……」

（単純作業の繰り返しは慣れてるし……）

「み、ミカゲさん！」

佐正は裏切りに遭い、慌てた表情を浮かべる。

「はは……」

ミカゲ、苦笑い。

「でも、東砂はちょっと辛《つら》いみたいなんで、少し気分転換してもいいかなと……」

「ミカゲさぁん！」

「ふむ……まぁ、二層については、そんなにすぐに見つかってたまるか……というのもある」

（ちょ……！）

「そうだな。最低限、一本の刀は手に入れたようだし、少し考えておく」

「しゃぁああ!!」

佐正は思いっ切りガッツポーズするのであった。

◇

「それじゃ、早速、入手した刀の覚醒……していきましょうかね」

「うん」

揺への直訴を終えたミカゲと佐正の二人は応接スペースに移動していた。

「にゃー」

応接スペースに来ると、おにぎりがトコトコとやってくる。

（おにぎりも興味あるのかな？）

「さて、いきますよ」

「お願いします」

（二度目の覚醒……一回目は何が起こるのか全くわからなかったが、二回目の今回はなんとなく何が起こるかわかる……どんな刀になるのか……）

ミカゲはちょっとわくわくしていた。

佐正は刀に両手をかざす。刀がほんのりと光る。

「完了です、このまま鑑定しちゃいますね」

「頼みます」

「ふむふむ……どうぞ」

佐正からメモが渡される。

＝＝＝＝＝＝＝＝＝＝＝＝＝＝＝＝＝＝＝＝＝＝＝＝＝＝＝
【刀：和温《わおん》】
Lv 0
攻撃：AA
防御：B
魔力：A
魔耐：A
敏捷：A
効果：温度変化
＝＝＝＝＝＝＝＝＝＝＝＝＝＝＝＝＝＝＝＝＝＝＝＝＝＝＝

（和温……なんか優しそうだな。能力は温度変化か……）

「温度変化……熱くしたり冷たくしたりできるってことですかね」

「そうだね」

（重熾もそうだけど刀の特徴として攻撃が高めで防御が低めなのかな……）

＝＝＝＝＝＝＝＝＝＝＝＝＝＝＝＝＝＝＝＝＝＝＝＝＝＝

【刀：重熾】

Lv0

攻撃：AAA

防御：B

魔力：B

魔耐：A

敏捷：AA

効果：重量変化

＝＝＝＝＝＝＝＝＝＝＝＝＝＝＝＝＝＝＝＝＝＝＝＝＝＝

（これを集鞘に納刀できるんだよな……）

集鞘は一つの鞘で刀を複数収めることができるという宝物で、揺からの餞別としてもらったものである。

とはいえ、今まで刀は一本であったため、普通の鞘としてしか使ったことがなかった。

ミカゲは恐る恐る、すでに重熾が収まっている鞘に和温を収める。

（よかった……入った……）

ミカゲはほっとする。

（あれ……でも少し重たくなった気がするな……）

刀を二本格納すると一本の時よりも幾分、重量を感じた。

（え……？　ってか、出す時は？）

ミカゲは焦る。今は、最後に納刀した和温の柄が見えている。

（重熾……重熾……）

ミカゲが心の中で重熾を思い浮かべると、柄が重熾に変化した。

（ほっ……めっちゃ便利で助かった……って、あ……）

真っ先に言うべきことを言い忘れていたことに気付く。

「束砂……ありがとうございます」

「いえいえ」

「にゃー」

（あれ……？）

「どうかしましたか？　ミカゲさん」

「いや、おにぎりもちょっと光ってるなーって」

「えっ？　お、おにぎりぃいい、大丈夫かぁあ!?」

「にゃー」

おにぎりはほんのり光っているが、ケロッとしている。

「む……ひょっとして……」

佐正はおにぎりを凝視して、鑑定する。

「マジか……」

佐正は目を丸くしている。

「ど、どうしたの？」

ミカゲはおにぎりを鑑定した佐正に確認する。

「お、おにぎりの使えるスキルが増えてた」

「おぉ……！」

「や、やったな！　おにぎり！」

佐正はおにぎりの両手を持ってぶら下げて小躍りする。

「にゃー」

おにぎりは少々、迷惑そうだ。

「しかし、なんで急に増えたんだろ。今までそんなことなかったんだがなー」

佐正は急に冷静になり、そんなことを言う。

基本的に宝物は何かしらの外的要因がない限り、自ら強くなるようなことはない。

（うーん……あっ……！）

「ひょっとして、おにぎりは生き物だから、成長したとか？」

「あー、そうかもですね」

そうして結論は出なかったものの二人は一度、解散する。

◇

「……」

TRRRR。

「はーい、ミカゲ？　珍しいわね」

「あ、母さん、久しぶり」

ミカゲは久方ぶりに母に電話していた。

「連絡が遅れたんだけど、実はさ、攻略者になった」

「今なんて？」

母は自分の耳を疑ったのかミカゲに聞き返す。

（……）

その反応は、アサヒのレベル検診の時に、医師からレベル十を知らされた時と全く同じで、ミカゲは少しクスッとしてしまう。

「攻略者に……なった。墨田ドスコイズにスカウトされて……」

「っ……」

ミカゲ母は言葉を失う。

「……母さん？」

「…………」

「おーい……」

「……ごめん……ちょっとだけ……待って……」

「……」

「……よかった……じゃない……」

ミカゲは電話越しに母のすすり泣く声をしばらく聴いていた。

ミカゲも少し泣きそうになった。

親心とは複雑なものだ。アサヒのことは誇らしいのは間違いない。

しかしアサヒはミカゲに憧れてクエストクラブに入ったのだ。

そんなアサヒがミカゲの夢の頂上にいて、それでもミカゲは諦められずに、高校、そして大学でもトレーニングを続けていたことを知っていた。

◇

『僕はお母さんみたいな攻略者になるんだ……!』

『えぇ……? お母さん、攻略者でもなければ宝物すら持ったことないんだけど……』

『知ってる!』

『???』

ふとミカゲ母は幼き日の息子との会話を思い出す。

◇

「……アサヒがS級になった時と同じくらい……いや、ごめん。難しいのかなって思ってた分……もしかしたらそれより嬉しいかもしれない……ミカゲ……おめでとう……」

「っ……」

そんな言葉を掛けられて、泣きそうだったミカゲはやっぱり少し泣いてしまうのであった。

「……ありがとう、母さん。でも……これからだから」

「そうだね……ってか、ごめん……どうやってなったの？」

「え……まぁ、なんか事務所の社長とパーティメンバーのサポートでちょっと宝物のレベルを底上げ？　みたいなことをしてもらえて……」

「へぇー、そんなことが……よくわからないけど、やっぱりミカゲってすごいんだね！」

「はは……」

(話聞いてたかな？　どちらかというと揺さんと東砂がすごいって話なんだけど……)

「周りの人のおかげだよ」

「それもあるのかもしれないけど、ミカゲも十分、頭おか……えーと……狂じ……ちが……努力家じゃない！」

（この母……息子のこと、頭おかしいとか狂人って言いかけなかったか……？）

「まぁさ、してあげられることはあまりないけど、心から応援してるね。改めて、おめでとう、ミカゲ。怪我《けが》には気を付けてね……」

「ありがとう」

そうして通話を切った。

「……」

母の祝福を受け、今更ながら改めて攻略者になったのだという実感が湧いてくる。

（……）

ただ、ミカゲにとって、少しだけ晴れないことがあった。

それは母にも尋ねられたこと。

どうやって攻略者になったのか。

自分がすごくなったわけじゃなくて、刀と束砂の覚醒がすごいだけなのではないかという疑念であった。

しかし最初に揺からもらった言葉は強く印象に残っている。

『つまり……君も非凡だ』

理由はいまだ聞く機会を逃していたが、その言葉がミカゲの心の拠《よ》り所となっていた。

◇

（幕間）

東京プロモート、事務所──。

「あ、そういえば、アサヒのお兄さんだけど……」

「え？　ミカ兄がどうしたの？」

パーティ〝アルビオン〟のメンバーであるステラ・ミシェーレが同パーティの蒼谷アサヒに声を掛ける。

【蒼谷アサヒ（十九歳・男）　S級攻略者】

【ステラ・ミシェーレ（二十二歳・女）　国：仏　A級攻略者】

「確かに結構やるわね。まだまだ未知数ではあるけど」

「……？」

しかし、アサヒはきょとんとしている。

「先日、配信をちらっと観たんだけど」

「配信？　……ひょっとして攻略者になったとか？」

「え、連絡来てないの？」

「来てないけど……まぁ、ミカ兄らしいね。ちなみにどこの事務所？」

「墨田ドスコイズ」

「あー、仁科さんのとこかー、さすが、見る目あるなー。マッド・スコッパーの異名は伊達じゃないね……そういえば、君って確か、仁科さんのファンだっけ？」

「うん。だからたまたま観てた」

「なるほど……まぁ、ミカ兄の実力からしたら当然だから、大した驚きでもないね……逆によく今まで見つからなかったものだ」

そう言って、アサヒはステラに背中を向けて去っていく。

「ふーん……なら、なんで口元を隠してるのかしらねー」

ステラはじとっとした視線を送りつつ、左手で口元を隠しているアサヒの背中を見送る。

4．コラボ配信

ミカゲと佐正のアンダー探索が終わってから一週間後のこと。

ゴゴォという機械音と共に、ゴンドラがゆっくりと減速し始める。

「きたきたきたきた――!!　これよこれ！」

佐正は興奮した様子で呟いている。

眼前には屋内であるはずにも関わらず、明るく緑豊かな光景が広がっている。

（……夢に見た上層だ）

佐正ほど表に出すタイプではないが、ミカゲも密《ひそ》かに感動する。

東京スカイダンジョン、通称ユグドラシル、上層三十層――。

「おーい、あんまりはしゃぐんじゃねえぞ。遊園地にでも来たつもりか？　これから過酷な世界に飛び込むってのに」

墨田ドスコイズ所属、パーティ〝ＳＭＯＷ〟の七山慧《ななやまけい》が佐正に苦言を呈す。

「はいはい……わかってますよ、ななさん」

七山は国籍は日本であるが、父はアフリカ系の黒色人種、母は日本人らしく、強靭《きょうじん》な肉体を有し、肌は浅黒く、巨大な盾を背負っている。

【七山慧（二十六歳・男）　Ｂ級攻略者】

本日、ミカゲと佐正のパーティ〝アース・ドラゴン〟は同事務所の先輩パーティに当たるSMOWとコラボ配信で三十層へ来ているのであった。

七山はSMOWのメンバーでもリーダー的な存在だ。

「それにしても揺さんもチャレンジャーだよねー。いきなり三十層なんてさー」

金髪に褐色肌、小柄でスレンダーな割に出るところは出ており、快活そうで愛らしい顔立ちの女性が少し困ったような表情でそんなことを言う。

彼女は同じくSMOWのメンバーだ。

【リリィ　※攻略者登録名（二十二歳・女）　B級攻略者】

本名はかなり長いらしく、攻略者登録名を使用している。

「……」

もう一人のSMOWのメンバー、緑を感じさせる深い色の髪で、切れ長の細目……整った顔立ちの男性は特に何も言うことなくゴンドラの隅の方で、あぐら座りしており、股の間で収まっているおにぎりを撫でている。

彼の武器なのか長物をゴンドラに立て掛けるように置いている。

【柳鋒吉（二十二歳・男）　B級攻略者】

ミカゲも佐正もリリィと柳の国籍は知らなかったが、日本人ではないらしく、恐らく、リリィは東南アジア、柳は東アジアかなと想像した。

ダンジョン攻略は国際化が進んでおり、世界でも屈指の巨大ダンジョン〝ユグドラシル〟を有する日本はダンジョン先進国と言って差し支えなく、他国からも多くの人材が集まっている。

と……。

「おにぎりちゃぁあん」

突如、発作を起こしたかのようにリリィがおにぎりに接近しようとする。

「フゥ――――！」

しかし、おにぎりは毛を逆立ててリリィを威嚇する。

「うぇーん、なんでりゅーばっかりぃい！」

リリィは悔しがる。

りゅーとは柳の呼び名だ。りゅーだったり、りゅーさんと呼ばれている。

「そんなに急に脅かしてはだめだ……」

柳は優しく諭すように言う。

「いや、その猫、俺にも懐かないし……」

七山が言う。

どうやらおにぎりはSMOWのメンバーでは柳のみに心を許しているようだ。

（はは……何が違うんだろ……）

ミカゲは若干の優越感を抱きつつ、その様子を横目に眺める。

佐正は飼い主なのに、あまり興味なさそうであった。

そうこうしているうちにゴンドラが完全に停止する。

佐正は居ても立っても居られない様子で宣言する。

「行きましょう！　ゴーレムハンティング！」

本日のターゲットは危険度七十九のモンスター……〝アイロンゴーレム〟だ。

【モンスター　アイロンゴーレム　危険度七十九】

◇

「さて、わかってると思うけど、三十層は、君たちE級は本来、立ち入れない領域だ」

出発を前に七山はミカゲと佐正に告げる。

「知ってますよー」

佐正は少し鬱陶《うっとう》しそうに答える。

ユグドラシルには厳格な立ち入り規定があり、基本的に申請なしには入ることができない。

＝＝＝＝＝＝＝＝＝＝＝＝＝＝＝＝＝＝＝＝

【ユグドラシル立ち入り規定】

攻略者でない者は立ち入り不可
・～10層　E級
・～20層　D級
・～30層　C級

・～40層　B級
・A級以上はフリー
ただし、該当層への立ち入り資格ありの者と合同であれば、A級攻略者の承認の上、プラス二等級分、上の階層に立ち入ることができる。

＝＝

つまるところ、三十一層から上は、E級は引率があったとしても入ることができないため……。

「本当、ぎりぎりのところじゃん。揺さん、攻めすぎー」

リリィがケラケラと笑うように言う通り、ミカゲと佐正が入れるギリギリの階層が三十層ということになる。

「というわけだから、E級のお前らは、俺らの後ろで安全めにな」

「わかってますよー」

七山の言葉に、佐正は少し不満げだが、納得する。

「あと、これ、揺さんからの餞別だ」

そう言って七山は佐正に魔石を渡す。

「これは……離脱の魔石……ですか」

「あぁ……」

（離脱の魔石……戦闘領域外へ逃げられるアイテムだ。結構、希少で高価なものである）

＝＝

【離脱の魔石】

Lv1
効果：使用者の半径一メートル以内の最大三名が戦闘領域から離脱する。

＝＝＝＝＝＝＝＝＝＝＝＝＝＝＝＝＝＝＝＝＝

「せいぜい、それを使わなくていいことを祈るんだな……よし、では行くぞ」

そう言って、七山は先陣を切り、リリィと柳がそれに続く。

「あー、なんかちょっと嫌な感じですねー」

佐正はミカゲに小声でそんなことを言う。

「舐《な》められてるっていうか……」

「そうかな……」

「そうですよー！　俺らのこと下に見てるんですよ！」

(……まぁ、実際、下だし)

「ミカゲさんは見下されて悔しくないんですか？　俺らだって、危険度七十五を撃退してるんすよ」

「うーん、どうだろう……でも彼ら、E級については言及してるけど、〝宝物特性レベル〟については言ってないね」

「……！」

「だから……なんていうか……やっぱり揺さんが選んだメンバーなんだなって」

「……社長を語るとは……ミカゲさんも出世したものです」

佐正は少し悔しそうに、冗談めいた口調で言う。

◇

「よし、ではこれから本格的にモンスターが出るエリアに入るから、より一層気を引き締めるように」

七山は木々がうっそうと生い茂る森に入る手前で足を止め、そのように言う。

「それじゃあ、配信もスタートする。そっちはそっちでドローンを飛ばしてくれ」

「了解っす」

佐正はそう言うと、配信ドローンを飛ばす。七山も同様のようだ。

「はい、本日は墨田ドスコイズ所属のパーティ〝SMOW〟と注目の新パーティ〝アース・ドラゴン〟でコラボ配信していきます」

七山が導入、しきってくれる。

《名無し：もぐら来たー。楽しみにしてたー。ついにアンダー脱出か笑》

始まるや否や温かい（？）コメントが来る。

（もぐらって……いや、まぁ、薄々気付いてはいたけど……）

揺がさらっと決めたパーティ名〝アース・ドラゴン〟……一見、格好良さそうに見えるがアース

＝土、ドラゴン＝竜……つまり土竜《もぐら》である。

（もう命名からして……アンダー行かせる気満々じゃないか……）

ミカゲはこっそり苦笑いする。

それはそれとして、アンダー配信から今日まで一週間ほど経《た》っていたのだが、その間にパーティファボが八十一から九十五まで増えていた。

配信後、間が空くとパーティファボは減少してもおかしくないのだが、むしろ少し増えていて、ミカゲは少し嬉しかった。

「誰がもぐらじゃい！　地龍！　ドラゴン！」

佐正がコメントに対して反応している。

ミカゲはコメントをうまく拾ったり、視聴者とじゃれ合ったりするのがまだ不慣れであったので、佐正のリアクションには非常に助かっていた。

《名無し：へぇー、新しいパーティできてたんだー》

《名無し：なんで猫いんの？　かわええ》

SMOW側にはアース・ドラゴンより遥かに多くのコメントが寄せられている。

そして、アース・ドラゴンに関心を示すコメントも散見される。

これがコラボ効果である。

認知されていなければ、どんなにすごいことや奇抜なことをしていても注目されることはない。

すでにある程度の認知度がある者とコラボすることで、認知度を引き上げることができる。

「今日はタイトルにある通り、アイロンゴーレム撃退の依頼をやりたいと思います。とりあえず依頼主のいる〝精霊の森〟までの道中を垂れ流していきます」

七山が配信の目的を説明する。

《名無し：アイロンゴーレムかー、結構手強いね》

《名無し：お気を付けて》

「それじゃあ、早速、行きます」

七山は森に向けて歩き出す。

「この森のモンスターの危険度アベレージはだいたい五十くらいですかなー」

リリィがそんなことを言う。視聴者に向けて喋《しゃべ》っているようだ。

＝＝＝＝＝＝＝＝＝＝＝＝＝＝＝＝＝＝＝＝＝＝＝＝＝＝＝＝
【危険度：推奨等級】
70～：D級以上
80～：C級以上
90～：B級以上
I～：A級以上
＝＝＝＝＝＝＝＝＝＝＝＝＝＝＝＝＝＝＝＝＝＝＝＝＝＝＝＝

SMOWのメンバーは配信中、七山かリリィが絶えず喋っていた。

どうやら二人が実質的なトーク担当のようだ。

「リリィ」

と、柳が声を出す。

「おっ、来たみたいですなー」

羽音が聞こえてくる。

一メートル弱はありそうな虫の集団が正面からこちらに迫っていた。

【モンスター　キラーバグ　危険度五十五】

「ミカゲさん……」

「おぉ……」

ミカゲと佐正は身構える。

（普通に危険度五十オーバーがうようよしてるのか……やっぱりアンダーとはちょっと違うな……）

が……。

「E級のお二人……後ろで安全めにと言ったろう?」

七山がそう言って、制止するように手を前に出し、背負っていた盾を構える。

（……?）

「ここはひとまず先輩に任せときなってー」

リリィが笑顔でそう言う。

柳も鉾《ほこ》を構え、静かに前に出る。

「来るぞ……！」

七山がその巨大な盾を持って、前に立つ。

キラーバグの群れが迫ってくる。

《名無し：ウォーシールド来たー》

（……盾役《タンク》か……パーティに一人いると安定するんだよな）

七山の宝物は歴戦盾《ウォーシールド》。

七山はこの巨大な盾でもって……。

ゴシャ……。

「……!?」

キラーバグを殴り潰《つぶ》す。

《名無し：盾は鈍器》

「うぉらっ！　うぉらっっ!!」

七山は歴戦盾を振り回し、次々にキラーバグを潰していく。

（……なんかすご……）

「ななさん、調子いいねー、私もいくよー」

リリィがそう言うと、リリィも猛然とキラーバグの群れに飛び込んでいく。

リリィは長ものの武器は持っていない。

そんなリリィにキラーバグの一匹が襲い掛かる。

「ほいっ！」

リリィはキラーバグに右ストレートを叩き込む。

ギシィイ。

キラーバグは奇声を上げながら、地に落ちる。

「どんどんいくよ！」

リリィは機敏に動きながら、キラーバグをパンチで次々に撃墜していく。

灰輝拳《アッシュフィスト》。

灰色に輝くナックルダスター（通称：メリケン）が彼女の宝物だ。

シンプルな拳による殴打。

それがリリィの戦闘スタイルのようだ。

ゴシャ……グシャ……ズシャ……。

キラーバグが一定の間隔で潰されていく。

《名無し：これは良いASMR》

「あぁ〜、殴るのって気持ちいい……」

リリィは恍惚《こうこつ》の表情を見せる。

《名無し：リリィ姉さん、その顔は放送で見せたらあかん》

「……」

殴打によりガンガン、キラーバグを撃墜する二人から一歩引いたところで柳は静かに矛のような武器を構えている。

と、キラーバグの一体がリリィの背後に迫っていた。

すると、柳は矛を前に突き出し、囁く。

「風の精霊よ……　〝悪戯《いたずら》なそよ風〟」

ギシィ。

風刃に切りきざまれたキラーバグが力を失い、落下する。

「別に大丈夫だったんだけどなー」

「まぁまぁ、保険です」

リリィと柳がそんなやり取りをする。

《名無し：りゅーさん、素敵》

《名無し：精霊魔法、最高にクール》

（精霊魔法……柳さんの矛は戦うものじゃなくて、儀式の道具的なものなのかな？）

祈りの鋒《とかり》。それが柳の宝物である。

柳は精霊と契約することで、魔法を扱うことができる精霊魔法師である。

（あれ？　ってか、今日の目的地は精霊の森だけど、関係あるのかな？）

「いっちょあがりっ！」

リリィが両拳をぶつけるような仕草をする。

（はは……すご……）

ミカゲは空笑いする。

ＳＭＯＷのメンバーはあっという間に危険度五十五のキラーバグの群れを全滅させてしまった。


その後、森の中を進んでいくと何度かモンスターと遭遇した。

しかし、その都度、ＳＭＯＷのメンバーがあっという間にモンスターを駆逐する。

「……なんかコラボの意味なくねえか？」

特に何もしていない佐正がそんなことを言う。

「う、うん……」

特に何もしていないミカゲも同意する。

（まぁ、初めての上層だし、安全第一ってことなのかな……）

そうこうしているうちに……。

「着いたぞ」

（おっ？）

そこには森の中に少しひらけたエリアがあり、キャンプなどの施設が目に入る。

「目的地の精霊の森に着きました。今日の配信はここまでにして、明日、ターゲットのアイロンゴーレムを探していきたいと思います。本日はありがとうございました」

七山が配信をクローズする。

《名無し：お疲れ様～》

《名無し：また明日、楽しみにしてます》

そのようにして、配信を終了する。

「E級の二人もお疲れ、予定通り、今日はこの精霊の森キャンプで一泊するぞ」

七山がミカゲと佐正に声を掛ける。

精霊の森キャンプは人間が精霊に許可を得て、設置したキャンプのようだ。

精霊に守られているためか、なぜかモンスターが出現しないので安心して休むことができる。

「せっかくだから依頼主の精霊に少し会っていくか？　初めてだろ？」

（精霊……!!）

七山の言葉に、ミカゲと佐正の目が子供のように煌《きら》めく。

それを見た七山がニヤリと微笑む。

◇

「へぇー、これが精霊かー」

七山らに連れてこられた洞窟の中で、空中を暖色の光がぼんやりと漂いながら瞬いている。

（うーん、これはほぼ……でかい蛍だな……）

ダンジョンにはモンスターのような人間を襲う生物だけでなく、友好的、または共存するような生物、生命体が存在し、精霊はその代表例だ。

精霊は配信NGらしく、実物を見るのは初めてであった。

「なんかちょっと騙《だま》された感ありますよね」

佐正が少しがっかりした様子で言う。

「そ、そうだね……」

「リリィさんに聞いたところによると、りゅーさんには見えているらしいんですけどね」

（へぇ……）

確かに先程から柳が光の近くで何やら一人で談笑しているなぁとミカゲも思っていた。

本日、訪れている三十層は精霊が住んでおり、精霊魔法師の柳を含むＳＭＯＷのメンバーはよく来ているのであった。

通常の魔法師は自分自身で魔法を発動するのに対して、精霊魔法師は精霊と契約して魔法を借りるようにして使用する。

契約次第で属性を変えられる上に、魔力を精霊から借りる方式のため、通常の魔法師と比較すると色々な属性を使えて燃費がいいのが特徴とされている。

「精霊魔法師はミカゲさんのスタイルと似てるかもですね」

佐正がそんなことを言う。

（え、そうなの……？）

「ちなみに今はアイロンゴーレムとの戦いに備えて、風の精霊シルフから土の精霊ノームへと契約移管をしているみたいです」

「なるほど……」

（光がブラウン系の暖色だなーとは思っていたけど、ノームだからかな？）

「でだ。今日、借りているキャンプは三人用が二つだ」

精霊との契約移管や食事等を終え、いざ休むというタイミングで七山が言う。

（なるほど、じゃあ、ＳＭＯＷとアース・ドラゴンで別れて……）

「では、くじ引きをする」

（……はい？）
◇

「んじゃ、明日なー」

（え……あ……）

ミカゲ以外の三人の男たちはあっさりと立ち去っていく。

（……まじか）

「よろしくねー」

本日のミカゲのキャンプメイト……リリィがにこりと微笑む。

「まぁまぁ、そんな緊張しなくて大丈夫だよー」

「あ、はい……」

（いや、さすがに緊張はする。下心とか抜きにしても緊張はする）

「でも、あいつら、私のことすでに女扱いしてないからちょっと新鮮だねー」

リリィは屈託のない笑顔でそんなことを言う。

キャンプは基本的には寝るための施設であり、人、三人が横になれるスペースがある。

リリィが真ん中のスペースを確保してしまったので、ミカゲはどちらを選んでも隣になってしまうのであった。

「ねぇねぇ、ミカゲ、せっかくだからちょっと聞いてもいいかなー？」

リリィは積極的に話しかけてくる。

やはり女性だからか、基本的に会話が好きだ。

あくまでも一般論であるが、日常において女性は男性の三倍の単語を発するという。

「あ、どうぞ」

「ありがとう。ミカゲって苗字《みょうじ》、蒼谷だけど蒼谷アサヒと関係あったりするの？」

「あ、えーと……そうですね、一応、自分がアサヒの兄です」

「ほぇー、なんか親戚とかかなーと思ったけど、まさかの実の兄弟ですか。心中お察しします」

「はは……」

ミカゲは少し苦笑いする。

弟の方が圧倒的に優れているということで、確かにほんの少し、自尊心に傷がつくのであった。

「なんかいきなりセンシティブなこと聞いちゃったかな？」

「えーと、まぁ、大丈夫です」

「ちなみにミカゲはどうして攻略者になりたかったの？」

「あ、はい……えーと」

「あっ、人に聞くならまずは自分からか！　私はねー……まぁ、お恥ずかしい話、お金ですね」

「……！」

「実はうちの実家、貧しいくせに大家族でねー……」

リリィは自身のことを語ってくれる。

聞くと、リリィは姉妹七人、兄弟七人の一番上の長女として生まれた。

「よくあるじゃん？　生活は苦しいけど、楽しい生活ー、みたいの？」

「……」

「ないわー。はっきり言って、子供の作り方知ってからは親を呪ったよね」

そんなリリィは幸運にも宝物特性レベル九と高かったこともあり、家族を養うべく、攻略者になることを志した。

「だけど、妹や弟たちには罪はない……だから……」

しかしリリィの母国はユグドラシルのような巨大なダンジョンはなく、いわゆるダンジョン後進国であったそうだ。

それでも十五歳から母国の宝物特性レベル七以上が集められたエリート攻略者育成アカデミーに入学したと言う。

「でもさー、そこでちょっと落ちぶれちゃって。現実、見せられた感じだよね」

よくある話だ。宝物特性レベルが高い子供は、たいてい地元では敵なし、天才、神童と言われて育つ。

しかし、そのような子供を集めれば、有象無象だ。

「ちなみにさ、私の職型、なんだと思う？」

「えーと……格闘家……ですかね？」

「惜しい！　正解は白魔法師でした！」

「え……!?」

「だからさ、アカデミーでは私、魔法科だったんだよね」

「意外です」

「そうかな？　でもさ、私、簡単に言うと、才能がなかったんだよね」

リリィは魔法の発動の速さ、正確性において平均以下であったと言う。

特に正確性が致命的であった。目的の位置に魔法を発動させることができないのだから。

「宝物特性が高くてもそれを扱うセンスは別の話。魔法は特にね。そんなわけで、まさに宝物《たから》の持ち腐れってね」

ふとリリィは過去を思い起こすかのように遠い目をする。

◇

『リー姉ちゃん、どこの事務所に入るの？　僕さー、東京プロモートがいいと思うー』

『っっ……』

実家に戻ると、歳《とし》の離れた弟たちが無邪気にそんなことを言う。

『こらこら、アカデミー出ても必ず攻略者になれるわけじゃないんだから……』

歳の近い妹、次女のランがそんな風に弟たちを宥《なだ》める。

『えー、でもラン姉ちゃん、あんなに強いリー姉ちゃんが攻略者になれないはずないじゃん』

『……』

その言葉は自信を失っていたリリィに刺さる。

そうだ……弟妹たちにおいしいご飯を食べさせるんだろ？

リリィ……腐るな！

リリィは自分自身に言い聞かせた。

それで何かが変わるなら苦労はしない。

その後もリリィの成績はぱっとしなかった。

実技試験では魔法が上手くいかず、仕方なく物理攻撃で無理矢理、突破したりもした。

同期たちが事務所に引き抜かれて、退学していく中で、リリィは卒業の時期が迫っていた。

アカデミーにとって、卒業は売れ残りを意味し、喜ばしいことではなかった。

『ねぇ、あの子じゃない？　宝物特性レベル九、職型ありなのに売れ残ってるっていう』

『宝物特性レベル九、職型あり……？　羨ましいねぇ。俺にくれよ』

『うそー、そのステータスで売れ残るってどれだけ才能ないんだよ』

『あの子、入学した時、めっちゃ自信満々そうな顔してたよね』

「……」

そんな陰口も聞こえてくる。

同じ売れ残りの者たちには心に余裕がない者もいた。

そのような人たちは自分より下……可哀想な存在を探すことで自身の心の隙間を埋めていた。

もう諦めよう……。

所詮、貧乏家庭……。

生まれた瞬間からそこを抜け出すことなんてできないようにできているんだ。

そんな彼女の転機は急に訪れる。

◇

『君かー、杖を鈍器に使っているのは……相撲とか強そう』

「墨田ドスコイズにスカウトされた。本当に驚いた。まさか日本の事務所からスカウトされるなんて夢にも思わなかったから」

（……俺もだ）

「職型を一切、活用しないというのは正直、少しもったいなくも感じたけど、目から鱗《うろこ》だった」

リリィは杖を捨て、職型も捨て、肉弾戦で戦うようになり、才能が開花したという。

「そんなわけで私は揺さんに頭上がんないのよー」

（これも……俺もだ）

「まぁ、墨田ドスコイズは規模的に基本給はちょっと安いんだけどね」

リリィは舌を出す。

他にもリリィは、七山は元は普通に盾役だったこと、柳もかつては矛で直接、攻撃して戦っていたということもミカゲに教えてくれた。

「あ、気付いたら〝なんで攻略者になりたかったのか〟から大分脱線したことを話しちゃってたね」

「いえ、すごく勉強になりました」

「うむ、で、ミカゲは？」

「あ、はい……」

ミカゲは記憶を呼び起こすように、一度、目を瞑《つぶ》り、そして開く。

「十八年くらい前のユグドラシル災害が一つのきっかけ……かなと思います」

攻略者にはダンジョンの謎や新たな功績へ挑み、エンターテイメントを提供すること以外にもう一つの役割がある。

それは稀に発生する〝上層からのあふれ〟から市民を守ることである。

ユグドラシルにおいて、地下層からのあふれは日常的に起こるが、上層からのあふれはめったに起こらない。

一方で、ひとたび発生した場合、非常に強力なモンスターが地上に降り立つ。

◇

十八年前（ミカゲ六歳、アサヒ一歳）――。

その日、ユグドラシル上層からのあふれが発生した。

『ミカゲ！　地下に逃げるわよ』

母がいつになく強い口調で言う。

『うん』

その日、父は仕事で外出していて、ミカゲ、アサヒと共にいたのは母だけだった。

『アサヒ、行くよ』

母は一歳になりたてのアサヒを抱っこひもで抱っこする。

ミカゲは母がおんぶにするか抱っこにするか少し悩んでいたのを覚えていた。
おんぶは動きやすい。一方で抱っこは降ろす時におんぶより素早く対応できる。
結局、母は抱っこを選択する。
『っ……』
外からは頻繁に爆発音が聞こえてくる。
アサヒは一歳であるのに、寝ているわけでもないのに、泣いたりしなかった。
『母さん、怖いよ……』
『大丈夫、ミカゲ、母さんが必ず守るから』
『……』
地下シェルターへ向かうには一度、マンションを出る必要があった。
どうか地下シェルターへたどり着くまでの間だけ何も起こらないでくれ。
マンションを出る時、ミカゲは子供ながらそう願った。
だが……。
グギャァアア!!
地下シェルターの入口まであと少しというところで、出くわしてしまった。
黒い大きなドラゴンがミカゲたちの前に立ち塞がった。
『ミカゲ！　アサヒを……！』
『え……』

ミカゲ母はその一瞬で抱っこひもを解き、ミカゲにアサヒを託し、二人の子供とドラゴンの間に丸腰で立ち塞がる。

『っ……』

重い……。

ミカゲがアサヒを立った状態で抱っこするのはその時が初めてだった。

『ごめん……ミカゲ……逃げて……』

『っっ……！　い、嫌だ……！』

『逃げなさい!!　ミカゲ!!』

『っ……！』

いつも穏やかな母が初めてミカゲに命令した瞬間であった。

気付くと母の脚は震えていた。

『うわぁああああああ』

『……いい子』

ミカゲは走った。母に背を向けて。

それは地下シェルターとは反対の方向だったがそんなことはわからなかった。

しかし、とにかく無我夢中で走った。

その時であった。

後方から強い光が発生した。

『っっ……』

六歳の子供に振り返らずに走り続けることなんてできるはずがなかった。

だが、その光景は、子供ながらに想像してしまった最悪の結末とは異なった。

『すまない、遅れた。大丈夫かい？』

こと切れたドラゴンの後方からその攻略者は現れた。

◇

「えー!?　そこであの須原統治郎《すはらとうじろう》が!?」

リリィが目を丸くする。

「そうなんです……」

「うわぁ、それは超ドラマチック」

リリィは興奮気味に言う。

「須原統治郎って、日本史上最高の攻略者と言われている紅蓮の珠砲の前任者の、あの須原統治郎だよね？」

「そうですね……」

「ほぇ～、その須原さんが助けに来てくれた上に、助けた子供が紅蓮の珠砲を継承するなんて、これまたドラマチックですなー！」

「そうです……ね……」

「あ、ごめん……これだと完全に主人公、アサヒくんになっちゃうね」

「え、えぇ……別にいいんですけど……」

「ふーん、つまりミカゲが攻略者になったのは須原さんに憧れてってこと？」

「え、えーと……それは……そうと言えばそうなんですけど……」

ミカゲは少し歯切れが悪い。

「ん……？　違うの……？」

「あっ……!!」

「っっ!?　え、どうした、急に」

ミカゲが突如、声を出すので、リリィはびくっとする。

「見てください……二十一時です」

ミカゲは時計を指差して言う。

「え？　あ、そうだね……？」

「寝る時間です」

「はい？」

「リリィさん、お話ありがとうございます。勉強になりました。明日はよろしくお願いします。それではお疲れ様です、お休みなさい」

「ふぇ……？」

「…………」

「えっ!?　もう寝てる!!」

ミカゲは就寝した。

◇

翌朝——。

「精霊たちによると魔泉の近くにアイロンゴーレムが現れて困っているそうで、討伐してほしいということです」

七山が視聴者にそんな風に説明している。

魔泉とは精霊たちが魔力を補給するために必要となる泉であった。

「それじゃあ、まぁ、ここから十五分くらいの場所にありますので、さくっと向かっていこうと思います」

《名無し：がんばれー》

《名無し：気を付けてー》

そうして五人は精霊の森を発《た》つ。

◇

「いました……アイロンゴーレムです」
七山が小声で、そのように言う。
視線の先には、森の中の直径三十メートルほどのひらけた場所、その中央付近に体長三メートルほどの鉄の塊のようなゴーレムが佇んでいる。
【モンスター　アイロンゴーレム　危険度七十九】
＝＝＝＝＝＝＝＝＝＝＝＝＝＝＝＝＝＝＝＝＝＝＝＝＝
【危険度：推奨等級】
70～：D級以上
80～：C級以上
90～：B級以上
I～：A級以上
＝＝＝＝＝＝＝＝＝＝＝＝＝＝＝＝＝＝＝＝＝＝＝＝＝
「よし、相手は危険度七十九の強敵。舐めプはなしだ。アース・ドラゴンの二人も打ち合わせ通りに」
「『了解です』」
七山の言葉にミカゲと佐正も真剣な表情で応える。
ミカゲと佐正はアンダーで無謀にも危険度七十五の相手に挑んでしまったが、本来、推奨等級とは〝ギリギリ戦って良いライン〟を示している。
例えば、B級の攻略者が九十オーバーの危険度に挑むのであれば、それは死を覚悟した上での挑戦となる。
B級の攻略者であれば、
八十〜が挑戦に適当なライン、
七十〜が比較的安定して戦えるライン、
といった具合だ。
討伐成功率でいうならば、

＝＝＝＝＝＝＝＝＝＝＝＝＝＝＝＝＝＝＝＝＝＝＝＝＝＝＝＝＝＝
【B級攻略者三名のパーティによる計画的討伐作戦における成功率】
90〜：42％
80〜：73％
70〜：95％
＝＝＝＝＝＝＝＝＝＝＝＝＝＝＝＝＝＝＝＝＝＝＝＝＝＝＝＝＝＝

という統計が出ている。

そんなわけで、B級攻略者で構成されたSMOWにとって、危険度七十九は七十〜の中で最高危険度ということで油断ならない相手である。

ちなみにミカゲと佐正の陽炎蜥蜴との戦いは陽炎蜥蜴に逃走されているので、討伐失敗の方にカウントされるのだが、計画的遭遇でないものは統計的にはノーカウントとなる。

技や魔法名は省略することが可能であるが、宝物の使用には雰囲気、信仰心、ルーティンといったものが与える影響が少なからずあると言われている。

技名を宣言すると、出力が一％上昇するというやや胡散臭《うさんくさ》い研究データも存在するわけだが、配信的にも映えるので、技名を言う人は結構いる。

柳が囁くように言う。

「土の精霊よ……」

「害なす者の侵攻を阻め……〝融《と》ける土〟！」

《名無し：きたきたー、りゅーさんのノーム！》

アイロンゴーレムの足元の地面がぬかるみ、アイロンゴーレムが身体のバランスを崩す。

「行くぞ！」

そのタイミングで七山が叫び、身を潜めていた木の背後から柳以外の四人が一斉に飛び出す。

（……効いてくれよ）

一番先にアイロンゴーレムにたどり着いたミカゲは勢いそのままに重熾で一閃《いっせん》する。

アイロンゴーレムの体表に傷がつく。

（……よし）

さすがに一刀両断とはいかないが、しっかりとダメージを与えられている様子だ。

《名無し：B級より速い特性レベル三（E級）笑》

「速いねー、ミカゲー」

そんなことを言いながら、リリィが続き、更におにぎり、七山と続く。

佐正は中距離タイプなので、一定の位置まで進んだところで足を止めている。

「悪いけど、手加減はなしだよ」

リリィはそう言いながら、アイロンゴーレムをボコ……ボコ……とリズミカルに連打する。

《名無し：ASMRきたー！》

《名無し：気持ちいぃぃー》

このままいけるか、視聴者含め、皆がそう思った時であった。

（……なんだ？）

地面が微振動していることに気が付く。

次の瞬間には辺り一帯の地面からぼこぼこと何かが生えてくる。

「おいおいおい……精霊からはゴーレムが八体いるなんて聞いてねえぞ」

七山が嘆くように呟く。

一体目のアイロンゴーレムは広場の中央付近にいた。

そのため、ミカゲたち五人は必然的にその近辺にいた。

つまり、五人は広場外周の地面から現れた七体のアイロンゴーレムに取り囲まれていた。

ゴ……。

「「「っっ！」」」

広場外周の七体のゴーレムに視線を奪われていた四人は背後からゴーレムの鳴き声らしきものが聞こえ、思わずびくりと肩を揺らし驚く。

しかし四人が振り返ると、ミカゲが中央のゴーレムの首を落としていた。

中央のゴーレムはエフェクトと共に消滅する。

（やはり柔いのは首か……）

「ミカゲさん、ありがとうございます、油断しかけてました」

ミカゲは佐正の称賛に応える。

「いえいえ……でも、ちょっとまずい状況だね……」

ゴーレムは残り七体だ。

《名無し：おいおい、やばいんじゃないか、この状況》

《名無し：間違いなくやばいでしょ》

「……っ」

七山は判断を迫られていた。

即座に決断しなければならない。

固まるか、分散するか、はたまたその間か。

七山が選んだのは——。

「あの二体のところを突破するぞ……！」

最良であるかはわからないが、短時間での判断としては決して悪手ではなかった。

まずは囲われている状況をなんとかしなければならない。

七体のゴーレムのうち、比較的密度の低い二体を全員で突破する。

ミカゲは七山の指示に即座に反応し、二体のゴーレムの方向へ走る。

「〝融ける土〟！」

二体のゴーレムはぬかるんだ地面に足を取られ、バランスを崩す。

（……ナイスです、りゅーさん）

ミカゲはそのまま二体のうち左側にいたゴーレムに攻撃を加える。

「うぉりゃぁああ！　灰輝拳――〝五月雨〟！」

リリィも同じゴーレムに連続した鉄拳で殴打する。

特に打ち合わせしたわけではなかったが、もう片方のゴーレムを七山と佐正が攻撃している。

後ろ五体のゴーレムが迫る前に、フル出力で、この二体を潰す。

それが共通認識であった。

ミカゲも自分にできる最大限のことをする。

「和温……！」

ミカゲは新たに入手した温度変化の効果を持つ和温を高温にする。

和温は暖色にぼんやりと光を帯びる。

その和温でゴーレムを斬りつける。
ゴ……！
重熾を使用していた時より、ゴーレムの体表に深い傷を負わせることができた。
（……よし、いい感じだ）
初めての実戦投入で少々、不安であったが、目論見《もくろみ》通りであった。
鉄は高温で軟らかくなるものだ。
和温自体が軟らかくならないか少し心配していたが、それはないようであった。
「いくよ！　灰輝拳――」
リリィがまるで力を溜《た》め込むかのように、腕を思いっ切り下げる。
「くらえっ……！　〝夕立〟!!」
ドゴーンという衝撃音。
地面が震えるほどの鉄拳をアイロンゴーレムに叩き込む。
ゴゴォ……。
「よしっ！」
（……すご）
《名無し：うぉおおお！　姉さん、かっけぇぇえぇ》
《名無し：パンチ、気持ちよすぎぃい》
ミカゲとリリィで一体のゴーレムを倒すことに成功した。

　ゴゴゴォ……。

（……！）

「うっし……」

隣では七山、佐正、そして合流した柳の三人ももう一体のゴーレムを片付けていた。

なんとか背後の五体に追いつかれる前に二体を処理することができた。

これでゴーレムの群れに囲まれるという最悪な状況を回避することに成功した。

残りは五体……。

そうして五人は振り返る。

（っっ……！）

そこには三体のゴーレムが佇んでいた。

二体のゴーレムが消滅していたのだ。

想定よりも進行しておらず、まだ十分な距離があることも僥倖《ぎょうこう》ではあった。

だが、それは状況が改善されたわけではなく、むしろ悪化していた。

「おいおいおい……聞いたことねえぞ？　ギガントゴーレムが普通サイズのゴーレムが合体した姿だったなんてよ」

七山が嘆くように、三体のゴーレムの中央にいるゴーレムが明らかに巨大化していた。

いつでも冷静なドローンがそのモンスターの名称と危険度を報せる。

【モンスター　アイロンゴーレム×二　危険度七十九】

【モンスター　ギガントアイロンゴーレム　危険度九十六】

《名無し：えぇえええ、嘘でしょ》

《名無し：逃げてぇえええええ》

「き、危険度九十六……？」

リリィがただならぬ様子で呟く。

【コメントのフィルター〝強〟に自動変更】

【危険度上限オーバー、E級攻略者は直ちに戦闘から退避してください】

【危険度上限オーバー、E級攻略者は直ちに戦闘から退避してください】

（……！）

ドローンが戦闘からの退避命令を出す。

「そういうことだ、佐正、蒼谷、命令に従え」

「え……」

この戦いの中で、常に最速で判断し続けていたミカゲであったが、この時はすぐに反応できなかった。

「〝戦闘領域〟は…………展開されているか……足では逃げられないな」

〝戦闘領域〟。

それは高危険度のモンスターが展開することがある不可思議な領域である。

その領域は入ることはできるが、領域を発生させているモンスターを倒すまでは出ることはできない。

「佐正、〝離脱の魔石〟はあるな？」

「はい」

＝＝＝＝＝＝＝＝＝＝＝＝＝＝＝＝＝＝＝＝＝＝＝＝＝

【離脱の魔石】

Lv 1
効果：使用者の半径一メートル以内の最大三名が戦闘領域から離脱する。

上層へ昇るゴンドラの中で、七山から渡されていたものだ。

＝＝＝＝＝＝＝＝＝＝＝＝＝＝＝＝＝＝＝＝＝＝＝＝＝

（使えるのは三人まで……二人分足りない……）

「よし、それを使って、蒼谷と逃げろ」

（……!?）

「……はい」

佐正は七山の提案を素直に受け入れる。

だが……。

「逃げたくありません」

「ん……？」

「俺たちも残った方が生存率が上がると思います」

「おいおい、蒼谷、そういう話じゃねえんだよ。俺たちをクビにする気か？　規定《ルール》だ。規定研修は履修してるだろ？」

「……っ」

「お前の強さは関係ない。お前はE級だろ？　逃げられる状況で、その逃げる手段を行使しなければ処罰の対象になる」

「ミカゲさん……ここは……悔しいですが……これに時間を割くのも場合によっては迷惑かもしれません」

「……っ」

（東砂の言う通りだ……この時間は作戦を考える時間に充てられたはずだ……）

「ミカゲさん、逃げますよ」

「大丈夫だよ、ミカゲ！　ありがとねー。でも、こんな奴、ボコボコだからさ！」

リリィがそんなことを言う。

「…………了解です」

佐正は離脱の魔石を使用した。

◇

「と、あんなかっこつけちゃいましたが、実際、ちょっとビビってます」

リリィは苦笑い気味に、残った二人の仲間たちに告白する。

「大丈夫、俺もだ」

七山も同意し、柳も頷《うなず》いている。

危険度九十六――私らが今まで戦ったのは最高でも危険度八十八。

完全に未知の領域だ。

リリィはそんなことを考え、息を呑む。

「ひとまず俺がギガントを引きつける。二人は周りの二体をなんとかしてくれるか？」

「わかった……けど、ななさんは大丈夫か？」

柳が七山に聞き返す。

「やや不慣れ……かつ不本意ではあるが、この盾で守りに徹すればなんとかなるはずだ」

「……了解、すぐに行くからそれまで耐えてね」

リリィも合意する。

「あぁ……よしっ、行くぞ！　こいつ倒してA級だっ！」

「うん！」

「あぁ！」

とは、言ったものの一人でアイロンゴーレムを一体仕留めるのも簡単な話じゃないんだよな……。

リリィは思う。

《ラン：リー姉ちゃん！　がんばれぇええ!!》

「っ……！」

ドローンが弟妹たちと思われるコメントを拾う。

こんなところで死ぬわけにはいかないぞ……覚悟を決めろ……リリィ。

リリィは自分に言い聞かせる。

「よし！　灰輝拳――〝驟雨《しゅうう》〟！」

リリィは担当分のアイロンゴーレムに最短距離で向かっていく。


「こんなの聞いてないですよ、ノームさん」

もう一人、アイロンゴーレムに一対一を挑む柳は呟いていた。

「知らなかった？　知っていたら僕だってさすがに怒ります。まぁ、起きてしまったものは仕方ないです。ですが、せめて、魔力、前借りさせてくださいよ？」

柳は返事を待つかのように一瞬、沈黙し、そしてアイロンゴーレムを見据える。

「土の精霊よ……怒れる姿を示せ……〝荒れる怒土〟」

ターゲットのアイロンゴーレム下の地面が振動する。

そして、地面が四本の大きな棘《とげ》となり、アイロンゴーレムに衝突する。

ゴゴ……。

アイロンゴーレムはふらついている。しかし、討伐には至っていないようだ。

「もっと遠慮せずに、じゃぶじゃぶ貸してください。あ、利率はゼロでお願いしますよ？」


ギガントアイロンゴーレムが右腕を縦に振り下ろす。

「ぬぉおおおおおおお!!」

七山は巨大な盾を前面上方に出し、打撃を受け止める。

激しい衝撃が盾から全身を駆け抜け、足から地面へ突き抜けていくような感覚だ。

左腕の薙《な》ぎ払い。

右足の踏み潰し。

また右腕の振り下ろし……とギガントアイロンゴーレムは波状攻撃を仕掛けてくる。

「っ……！」

その度、七山は盾の方向を修正しつつ、なんとか致命傷を受けずに体勢を維持する。

しかし、時間が長く……長く感じられた。同時に、長くは続かない、そう感じていた。

「よし！　一体倒したっ!!」

リリィが叫ぶ。

「……！」

その言葉は七山が待ち望んでいた言葉であった。

リリィが来てくれる。

その事実が七山に大きな安堵《あんど》と……ほんの少しの油断をもたらす。

「ななさん……!!」

そのリリィがまた叫ぶ。

「えっ……?」

七山は上方を見上げる。

まるで空が落ちてくるかのような感覚だった。

ギガントアイロンゴーレムによる全身ボディプレス。

あまりの巨体故にゆっくりと落ちてくるような錯覚に陥る。

直感的にわかる。盾では防げない。すなわち回避しなければならない。

しかし、脚が動かない。それまでの攻撃の衝撃が知らず知らずのうちに脚に蓄積されていたのだ。

「ななさぁん、ごめん!!」

「っっ……!」

ズゴォンという衝撃音が響き渡る。

ギガントアイロンゴーレムが地面と接触した音だ。

「っっ……」

七山は強い衝撃を受けた。しかし、生きている。

「っ……ななさん、大丈夫?」

「あ、あぁ……」

リリィが七山に突進してなんとかブレスを避けさせてくれていた。

「ありがとう……リリィ」

七山は立ち上がる。

「っっ……」

なんとか立ち上がることはできたが、脚へのダメージは想定を超えており踏ん張りがきかない。

リリィもその事実に気が付く。

と……、付近の地面が微振動を始める。

「……う、嘘でしょ……」

地中からアイロンゴーレムが一体、生えてくる。

「なんなんだここは……？　ギガントを倒さないと永遠に増え続ける？」

真実はわからなかった。ただ、戦闘領域は恐らくギガントアイロンゴーレムを討伐すれば消滅する確度は高かった。

つまりギガントアイロンゴーレムさえ倒せれば、ここから逃げられる。

「りゅーさん！　そいつ、倒さないところでキープして!!」

「わ、わかった」

へたに通常のアイロンゴーレムを倒して、ダメージを受けていないフレッシュなアイロンゴーレムに切り替わるのはまずい。

「ななさん、かなりきついところ悪いけど、こっちの普通の方はなんとかして……」

「し、しかし……」

それはつまりリリィが一人でギガントアイロンゴーレムに挑むということ。

「今はそれしかないでしょ……？　そろそろギガント《あいつ》も起き上がる」

「承知した……」

七山は合意する。そうするしかなかった。

「灰輝拳――〝驟雨〟！」
リリィの出の速いパンチがギガントアイロンゴーレムにヒットする。
ゴ……。
ギガントアイロンゴーレムも反撃するように腕を振り回す。
しかし、リリィはそれを素早く回避する。
ななさんには悪いけど、動きが遅いこいつには敏捷性《アジリティー》の高い私の方が向いている。
最初からこうすればよかったんだ。
……ななさんが引き受けてくれて、本当は少しほっとしたんだ。
《ラン：リー姉ちゃん！　がんばれぇええ!!》
ありがとう、姉ちゃん、ダメな奴だけど……頑張るね。
「灰輝拳――〝五月雨〟！」

ギガントアイロンゴーレムの攻撃後の隙をつくように連続パンチを繰り出す。

ゴゴゴ……。

連打に圧され、ギガントアイロンゴーレムの上体が僅《わず》かに傾く。

今だ……！

リリィはギガントアイロンゴーレムに飛び乗ると、素早く左肩口まで駆け上がる。

「いくよ……！　灰輝拳――〝豪雨〟!!」

リリィの最大出力。

渾身《こんしん》の右ストレートをギガントアイロンゴーレムの顔面に叩き込む。

ゴゴ……。

「っ!?」

リリィのイメージではギガントアイロンゴーレムを吹き飛ばすような勢いで殴ったつもりだった。

しかし、実際には倒れるまでには至らなかった。

ゴ……。

「っ……」

ギガントアイロンゴーレムは蚊でも叩き潰すかのように右の掌《てのひら》で自身の左肩を叩く。

「きゃぁあっ」

イメージとの乖離《かいり》は一瞬の隙を生み出す。

その攻撃がリリィの左脚をかすめてしまう。

「「リリィ!!」」

七山、柳が叫ぶ。

しかし、二人は二人で、まるで意図的に行く手を阻むかのように立ち塞がるアイロンゴーレムを突破することができない。

リリィはギガントアイロンゴーレムから落下し、尻餅をつく。

「……っう」

やばい、脚が……。

ゴォ……。

「っっ……！」

リリィはびくりと肩を揺らし、見上げる。

空を覆い隠すかのような巨体が自分を無機質に見つめている。

そしてその右脚を振り上げる。

あ、やばい、これ、ダメなやつだ……。

《ラン：リー姉ちゃあああああん！》

弟妹《きょうだい》たちのコメントは途絶えない。

ごめんね、弟妹たち……。

でもさ、仲間を助けるために精一杯やったんだ。

後輩も助けた。

リリィは間違ってないよね？

大丈夫さ……攻略者はさ、死んだらさ……保険金が下りるんだ……また貧しい思いなんてしなくて済むよ……。

「幸せにな……弟妹たち」

リリィは精一杯笑ってみせる。

ギガントアイロンゴーレムの脚が落下を始める。

《ラン：うわぁあああああ。

リリィは反射的に目を瞑る。

……。

あああぁあああああああ！》

え……？

想像以上に弟たちのコメントが長く聞こえている。

《ラン：兄ちゃあああああん！　ありがとぉおおおお！》

え……？　え……？

そういえば直前に甲高い金属音が聞こえた気がした。

ギガントアイロンゴーレムの右足は自分の位置からほんの僅かにずれたところに落下している
……そしてその間に誰かいる。

リリィは目頭に少し涙を溜めながら目を細めて呟く。

「規約違反だぞ…………ミカゲ……」

◇

ギガントアイロンゴーレムの踏みつけを刀で弾くようにすらした。

それはパリイやディフレクトと呼ばれる高等技術だ。スキルではなく、純粋な技術だ。

リリィは唖然としてしまう。

「リリィさん、こっち……！」

「あ……」

脚を負傷し、地面にぺたんと座っていたリリィを佐正が抱えるように引っ張り、少しでもギガントアイロンゴーレムから離れた場所に移動する。

その間、おにぎりが警戒するようにギガントアイロンゴーレムとの直線上に立つ。

「ごめん……ありがとう……」

「お礼なら、ミカゲさんに言ってください」

「え……？　うん……」

◇

少し前――。

「悪い、束砂、やっぱり俺は残る」

「え……？」

戦闘領域外に脱出したミカゲと佐正は話していた。

「ですが……」

「大丈夫、何事もなければ陰から見てるよ。それにＳＭＯＷは俺たちを逃がす義務を果たした。ここから先は〝俺の〟独断行動だからＳＭＯＷが処罰されることはないだろ？」

「いや、すみません、それの何が大丈夫なのかわかりません」

（うっ……確かに……）

佐正の言っていることは正しかった。

だが、ここから離れることはミカゲが攻略者に憧れた動機を否定することになる。

だからなんとか佐正に納得してもらわなければ……ミカゲはそう考える。

しかし、その必要はなかった。

「俺も残ります」

「えっ？」

「……俺も残ります。〝俺たちの〟独断行動ということで」

◇

ドゴォオン。

ギガントアイロンゴーレムは敵《ミカゲ》を潰すべく右拳を地面に叩き付ける。

続いて、左腕の薙ぎ払い。

左足の踏み潰しと攻撃を繰り出す。

ギガントアイロンゴーレムのそれらの攻撃は全て空振りに終わる。

すごい……。

その初手三回の攻撃で、リリィは彼《ミカゲ》の底知れぬ実力を感じていた。

ギガントアイロンゴーレムの全ての攻撃に対してカウンターを入れていた。

……そこまでなら自分も似たようなことをしていたし、できていた。

しかし、ミカゲのカウンターは全てギガントアイロンゴーレムの左脚の同じ箇所にヒットしていた。

避ける時点で左脚へのカウンターを意識した位置取りをしている。

と、ギガントアイロンゴーレムが右腕を大きく振り上げる。

そんな大振り当たるわけ……えっ⁉　フェイント⁉

ギガントアイロンゴーレムは、右腕を引いた時に自然と身体に寄せていた左腕を裏拳のまま薙ぎ払う。

「ミカゲ……！」

リリィは思わず声が出る。

しかし、その心配は杞憂《きゆう》に終わる。

ミカゲは先程までの三発となんら変わることなく、左腕の裏拳を回避し、カウンターの一撃を左脚に入れていた。

そして何やらぶつぶつと喋っている。

「和温……頼む……もっと……もっと熱くなってくれ……」

すると、ミカゲの持つ刀がより強い赤を帯びていく。

「熱っ……ありがとう……」

宝物に意思があるかはわからないが、それはまるで、術者ミカゲに被害が出ないように力をセーブしていたように感じられた。

と……今度はミカゲが自ら動く。

先程から執拗《しつよう》に攻撃しているギガントアイロンゴーレムの左脚目掛けて突進する。

ギガントアイロンゴーレムもそれに気付き、左脚への攻撃を嫌ってか左腕でそれを防ごうとする。

だが、ミカゲはその下がってきた左腕を足場に駆け上がる。

「一番、柔いのは首だ」

ゴ……？

ミカゲは力を溜めるように一回転し、そして、全力で刀を振り抜いた。

ギガントアイロンゴーレムもアイロンゴーレムも……なんならコモンゴーレムもジェネラルゴーレムも多少の個体差はあれど、基本的なくせは同じだった。

アイロンゴーレムの討伐が決まってから、ゴーレム系の映像を漁《あさ》った。

弱点部位の確認はもちろん、攻撃の予備動作のくせ、フェイントをする際の目線の確認、そしてそれらを加味したイメージトレーニングに多くの時間を費やした。

ミカゲは凡人は凡人なりにやれることは全てやるということを信条にしていた。

「はぁ……はぁ……はぁ……」

ミカゲは膝に手をつき、肩で息をする。

【コメントのフィルター〝通常〟に自動変更】

《名無し：あぁあああああああ》

《ラン：うわぁああああああああ》

《名無し：やりやがったぁあああああああああ》

《名無し：【速報】特性レベル三（E級）ギガントアイロンゴーレムを仕留める》

《名無し：低特性レベルの希望》

《名無し：ただ佐正の覚醒武器がすごいだけでは？》

《ゆーなて：少し黙れ、お前》

《捨て身：良いものを見た》

（……！）

「ミカゲさぁあああああん!!」

「っ……！」

佐正が抱き着いてくる。

「ミカゲっ！」

更に柳も続く。

柳が担当していたアイロンゴーレムはすでに停止している。

「ありがとう……リリィを救ってくれて、本当にありがとう……」

柳はそんな風に言いながらミカゲの頭をガシガシする。

ミカゲにとって、柳はどちらかというと物静かな印象だったので、少し意外であった。

その直後、ドゴンという衝撃音がして、ミカゲは少し驚く。

「お前らな……俺のこと忘れてるだろ？　危うく死にかけたぞ……？」

最後に残っていたアイロンゴーレムを倒した七山がそんなことを言う。

そして……リリィはドローンに向かって何やら呟いている。

◇

「皆さん！　注目の新パーティ〝アース・ドラゴン〟にパーティファボよろしくね！」

「へへ……パーティファボ二十万……」

ミカゲは増加したパーティファボ情報を確認しながら、思わずにやける。

ギガントアイロンゴーレムとの戦いで低レベルE級が規約違反をした上で、格上のB級パーティを助けて、危険度九十六を討伐したという話題性からパーティファボが激増し、あれよとあれよと二十万まで増加、勢いこそ落ち着いてきたものの今も増加を続けている。

そんなミカゲはとある場所を訪れていた。

ミカゲは扉の前に立ち、ノックする。

「失礼します……」

「どうぞ」

許可されて部屋に入る……。

（えぇっ⁉）

と、妙に圧迫感があった。

「すまん、今、キリ悪いから、ちょっとだけ待っててな」

そうミカゲに声を掛ける揺は、ディスプレイを八枚並べて、映像を眺めていた。

そこには各国の有望株、アカデミー、トライアルなどの映像が流れている。

マッド・スコッパーこと仁科揺の日常である。

「始末書だ」

ディスプレイの電源を落とした揺がミカゲに掛けた第一声である。

「す、すみません」

規定違反の件であろう。ミカゲは縮こまる。

「まぁ、こんなにウキウキで書いた始末書も珍しい」

（え……？）

「よくやった……ミカゲ、ありがとう」

揺は真っすぐミカゲを見つめてそんなことを言う。

「まぁ、でもあれだ。責任者的立場からも言わないといけないからな。規定は守れよ。可能な限り」

「ぜ、善処します」

「うむ……これで今日来てもらった目的の一つは果たした」

これだけでいいの？　と規定を破った本人ながら心配になる。ただ、それとは別に規定違反による謹慎期間は設定されている。

「で、もう一つ。実は、東砂のところに別の事務所からスカウトが来ててな」

「……！　そ、そうなんですね……」

「そうだな。前回のお前の活躍で、前のアンダー探索も漁られて、レベルゼロ刀戦略が完全に世間にばれた。それでその要である束砂にオファーが来たってわけだ」

（……束砂がいなくなれば俺はどうなるのだろうか）

「でもまぁ、一応、先に言っておくが、束砂は拒否した」

「……！　そ、そうですよね。束砂が揺さんを裏切るわけないですよね」

「え？　うーん、まぁ、一応、オファーで引き抜かれる場合、契約期間内であれば、違約金が臨時収入になるから、別に私は誰かがうちを抜けるからといって、裏切りだとは思わんよ……束砂の違約金はめちゃくちゃ高めに設定してるし……」

（そんなものなのか……それにしても、やっぱり……）

「……それにしても、やっぱり束砂なんだ……って顔してるな？」

「っ!?」

揺はミカゲの心の中のちょっとしたジェラシーをずばり言い当てる。

「す、すみません……」

「いやいや、構わんよ。攻略者ってのは実際のところ負けず嫌いでないとやってられん」

「はい……」

「そうだな……束砂がいれば、その相方は誰でもいい。だから束砂にオファーを出す。そういうことだろうな……」

（……）

《名無し：ただ佐正の覚醒武器がすごいだけでは？》

ミカゲはギガントアイロンゴーレムの戦いの後も九割の称賛の中に潜む一割のコメントが気になっていた。

その前から自分自身もずっと気になっていたことなのだ。

「どうして俺なのか？　って顔してるな」

「っ⁉」

またも揺に言い当てられる。

「そうだな……刀は確かに誰にでも使える」

（……）

揺はゆっくりと語り出す。

「しいて言うなら八パーセント出力が上がるカタナシだけが条件。カタナシだけが条件なら人口の半分があてはまる。だが、勘違いするな。誰でもいいわけではない」

（……）

「逆にだ……誰にでも使えるなら、お前ならどんな奴に使わせる？」

「え……？」

「もちろん、一番戦いが上手い奴だよ」

「……！」

「もう一度言う。カタナシだけならいくらでもいる。だが、カタナシで諦めなかった奴はそう多くはない。低レベルの奴はたいてい諦めてしまうし、高レベルの奴は無意識に宝物の力に頼ってしまう。結論を述べる。ミカゲ、君は私が見てきた中で一番戦いが上手い奴だ」

ミカゲは胸の辺りが異様に熱くなってくるのを感じる。

揺は続ける。

「陽炎蜥蜴のSOS配信を見た時、違和感を覚えた。その後、君の映像を漁って、驚愕《きょうがく》し、確信した。体術レベルの高さ、武器の扱いの上手さはもちろんだが、特に一対一において無類の強さを感じた。恐らく戦闘の刹那においても相手の目線や体重移動、なんなら心理状態までを驚異的なレベルで観察できるのだろう。……お前、今まで一度も実戦でクリーンヒット受けたことないだろ？」

「え……!?　ど、どうだったかな……」

（すれすれの戦いはすごく多いと思うけど……）

「だが、忘れないでほしい。確かにこの戦術は誰にでもチャンスがあるんだ」

「……！」

「いつか君よりも優れた奴が現れるかもしれない。いや、むしろそれは喜ばしいことかもしれない」

ミカゲは少しむっとする。

「やはり謙虚なくせに負けず嫌いだな。そういうところ好きだぞ」

唐突な〝好き〟で、文脈上、恋愛感情ではないとわかっていてもミカゲは少しだけ胸が跳ねる。

「だけどな、ミカゲ……私の思い描く、私と君の最大のミッションがある。それが何かわかるか？

アンダー二層を見つけることでも、ましてやギガントアイロンゴーレムを倒すことでもない」

「え……？」

「私と君の最大のミッション……それは……今まで攻略者になることができなかった君みたいな低レベル帯カタナシ、同じ境遇の者たちに夢を与えることだ」

「……っ」

「君が今の高レベル至上主義の攻略者環境をぶっ壊せ……！　そして、いつか君に憧れた少年少女に追い抜かれるその日まで、そいつらの憧れであり、高い壁であり続けろ。ミカゲ……！」

「っっ……！」

ミカゲには、もはや言葉が見つからなかった。喉や胸が熱くなっていることだけは確かだった。

「差し当たっての目標はS級かな……」

揺がぼそりと言う。

（え、S級……!?）

「あ、そうそう、言い忘れてたんだけど、ミカゲ、君にもオファーが来てたんだけど、どうする？」

「っ……！」

揺はあっけらかんとした様子で聞く。

ミカゲは揺も人が悪いなと思う。

「今の話聞いて、受けるわけないですよね？」

「それが狙いだ」

揺はにやりと微笑む。

「あ、そうだ。謹慎が明けたら、そろそろアース・ドラゴンの三人目のメンバーを決めないとだな
……今回の件の礼だ。好きな奴を決めさせてあげよう」

（え……？　決めちゃっていいの？）

ミカゲは揺に墨田ドスコイズの攻略者リストを渡された。

◇

（幕間）

あたまおかしい……。

その日、佐正東砂は後悔していた。

数日前——。

「休日《オフ》は予定あるんすか？」

佐正はミカゲにそんなことを聞く。

「え？　謹慎期間でやることないし、トレーニングしようかなと」

ミカゲはそう答える。

「じゃあ、交流も兼ねて、一緒にやりませんか？　ミカゲさんがどんなトレーニングしてるのかも

気になりますし」

「いいよ。じゃあ、悪いけど、前日から来てくれる？」

「ぜ、前日から？　りょ、了解です」

なぜ、前日から？

佐正は少し不思議に思ったが、ひとまず受け入れる。

◇

そして当日、蒼谷ミカゲの自宅――。

蒼谷ミカゲの朝は早くも遅くもない。

蒼谷ミカゲは午後九時ちょうどに眠り、午前七時ちょうどに起床する。

たっぷり十時間の睡眠を取る。

「み、ミカゲさん、おはようございます……」

早く寝すぎて五時くらいには目が覚め、ミカゲの起動を待っていた佐正はすでに少し疲れている。

「十時間はさすがに寝すぎじゃないですかね？　こんなに寝たのは小学生以来です」

「睡眠はリカバリーでトレーニングの一環みたいなものだから」

「り、リカバリー？」

朝食。

彼は決して、小麦を摂取しない。小麦に含まれるグルテンを抜くことで睡眠の質や集中力の改善につながるという。

彼の好物はささみとブロッコリーだ。

高たんぱくを中心に摂取し、必要に応じてビタミン剤等も使用する。

「あの、失礼ですが、人生……」

「ん……？」

佐正は、ささみとブロッコリーを嬉しそうに頬張るミカゲに人生楽しいですか？　と尋ねそうになるが、踏みとどまる。

その後、彼は全開の熱いシャワーを二十分近く浴び、運動の準備のため体をほかほかに温める。

結構、水道、ガス代が掛かるのでは……。

と、少々、心配になる佐正であった。

次に、各種筋トレで身体に負荷をかけていく。

筋トレは戦闘に必要な筋肉のみを強化する。不要な筋肉は重みとなるだけだ。

筋トレに満足すると、じっくり、ねっとりと素振りをする。

ここまで休憩なし。

「あ、あの……休憩とかはしないんですか？」

「あ、休憩？　これからするよ？」

……。

いや、これは休憩……なのか……？

スヤスヤと眠るミカゲを横目に佐正は疑問を抱く。

ってか、なんで激しく運動した直後にすっと寝れるんだよこの人は……カビゴ〇かよ……。

あれか？　グルテン抜いてるからか？

一時間三十分後、パチリと目を覚ましたミカゲはようやくウトウトし始めていた佐正に言う。

「さぁ、束砂、外出でもしようか」

「りょ、了解です」

お、終わったのか……？　まぁ、オフだし、午前中だけで十分……と考えた佐正を連れて、彼が向かったのはトレーニングセンターである。

熱いシャワーで体をほかほかに温めた後、宝物ありの対人ＡＩシミュレーション訓練をじっくりと満足するまで行う。

その後、ミカゲは再び移動する。

向かったのはモンスターカフェである。

カフェ……？　いや、騙されないぞ！　どうせトレーニングなんだろ⁉

佐正もようやくミカゲのことがわかってきたようであった。

ちなみにモンスターカフェとは主に職型〝テイマー〟が運営するモンスターがいるカフェである。

国に認可されたテイマーが運営しているため、安全性は高い。

しかし、その店は外観がかなり怪しげでモンスターカフェであることもわかり辛かった。

「つよしさん、いつものよろしくお願いします」

「お、ミカゲか、あいよ」

いつもの……？　なんだ……？

佐正はすでに満身創痍《まんしんそうい》である。

「あれ？　その人、ミカゲのパーティの人じゃん」

「そうですそうです、俺の相棒の束砂です」

話しかけてきたカフェの店長にミカゲが反応する。

「どうもCP……間違えた。ミカゲがお世話になってます」

「あ……どうもです……」

「つよしさん、束砂はトレーニングに……」

「うっせぇ、このCPTMが！　この人、もう大分うんざりしてんじゃねえか！　準備はしといてやるからお前は勝手にやってろ！」

「え……!?」

ミカゲはめっちゃ驚いた顔をした後、一人、すごすごとお店の地下へと向かう。

「すみませんね、あのCPTM……あ、CPTMってのは、クレイジー・サイコ・トレーニング・モンスター（Crazy Psycho Training Monster）の略ね。大学のクエスト部でそう呼ばれてたんだが……」

ひでぇあだ名だと思いつつ、そう呼ばれても仕方がないとも思える佐正であった。

「で、そのCPTMは、トレーニングのことになると、ちょっと頭のネジがおかしいので……」

聞くと、その店長はミカゲの大学時代のクエスト部の先輩で、津吉《つよし》という人物であった。

店の壁には認可証が貼られており、宝物特性レベル九の職型〝テイマー〟と記載されていた。

佐正はこれだけのポテンシャルがありながら、なんでカフェをやっているのだろうと疑問に思ってしまう。

「なんでカフェなんてやってるんだ？　ってか……？」

「えっ……!?」

佐正は心の内を言い当てられる。

「逆になんで攻略者なんかやるんだよ？　危ないのによ」

津吉はそんなことを言う。佐正はそれについてはあまり考えたことがなかった。

世の中には少なからず攻略者になれる実力がありながら、ならない人もいるのであった。

「まぁ、それもそうですが、それなら津吉さんはなぜクエスト部に？」

「まぁなんだ……〝あふれ〟が来た時、自分の身くらい自分で守れるように……そんなところだな」

「なるほどです。ちなみに津吉さんは大学時代、ミカゲさんとは対戦したりしたのですか？」

「そりゃあな。あいついろんな奴に一対一仕掛けてたからな……目が合うと、仕掛けてくるからやりたくない時は決して目を合わせてはいけないんだ」

「……そうなんですね」

「どっちが上だったのかって？」

「え……？　まぁ……そうですね」

「俺の方が上だったに決まってんだろ？」

「……！」

「まぁ…………宝物ありならな」

津吉は少し目を逸らすように独り言のように言う。

「ところでミカゲさんは地下で何を？」

「ん……？　ちょっと観てくか？」


「……！」

地下に行くと、ミカゲは大きな狼《おおかみ》と激しいバトルを繰り広げていた。

「こ、これって……」

「安心しろ……単なるチャンバラみたいなもんだよ」

「チャンバラ……？」

彼《ミカゲ》は幼少期から一対一の練習を好んでいた。

特に大学に入ってからは一対一での優位性の再現論をテーマに研究、トレーニングに取り組んできたのである。

大学卒業後は、よりリアリティを求めて、津吉のテイムモンスターとのチャンバラを取り入れていた。

ここ最近までは特に攻略者というわけでもなく遊撃者であったのにだ。

「うちのシルバーファングに傷つけられるわけにもいかねえから、非宝物の痛くない柔らか素材を使ってもらってる」

「非宝物……？　シルバーファングって確か……」

「危険度七十だな」

「……！」

危険度七十？　この津吉って人、相当すごいテイマーなんじゃ……。

それを宝物未装備で相手してんのか、この人《CPTM》は……。

俺の相棒……あたまおかしい……。

◇

佐正と別れ、帰宅する。

身支度を終え、寝る前に映像研究を行う。

イメージトレーニングを行い、二十一時。

蒼谷ミカゲは就寝する。

（あー、いい休日だった！）

5．新メンバー

ミカゲと佐正の謹慎期間がようやく終了しようとしていた。

その間、アース・ドラゴンのパーティファボは何もしていないのに倍増し、四十万になった。

理由は兄弟ばれブーストだ。

実のところ蒼谷という苗字は珍しいので、当初から親族ではないかというコメントはチラホラあった。

前回のギガントアイロンゴーレムの件で、プチバズりしたことにより、ミカゲの陽炎蜥蜴のSOS配信が発掘されてしまったのである。

その時にアサヒが〝ミカ兄〟と言っていることや二人が親しげであることから、少なくとも親しい仲、恐らく兄弟という推測がなされてしまったのである。

そこからメディアに取材されたアサヒは――。

「まごうことなき実兄ですが……」

と、あっさりと事実を認めたのであった。

ちなみに、なぜ今まで黙っていたのかという質問には「聞かれなかったので」とさわやかな笑顔で答えていた。

パーティファボが伸びた理由として、ミカゲとしては、やや不本意ではあった。

事務所のコラボは自身が所属できた事務所の協力であるから、ある意味、自分の力と言えるが、アサヒに関しては母が二人を兄弟で産んでくれたというだけの完全に他力であったためだ。

ちなみにミカゲはこれを受けて、慌ててアサヒに攻略者になった旨を連絡した。

なんとなく照れくさくて連絡していなかったのであるが、他人から知らされたとあって、怒られるかと思ったが、

「僕が知らないわけないでしょー、随分前から知ってたよ」

と言われ、怒った様子はなかったので一安心するのであった。

さすが、アサヒはすごいなぁ……、しかし、いつの間に知ったのだろうか、と思うミカゲであった。

◇

「お、来たな……」

謹慎が明けたミカゲと佐正は揃《そろ》って、墨田ドスコイズの社長室を訪れていた。

二人揃って、改めて揺に頭を下げる。

「まぁ、もうその件はいいよ」

揺は堅苦しいのは嫌なのか適当にあしらう。

「時にミカゲよ、三人目のメンバーについては考えてきたかな？」

揺は早速、前回、話した際にミカゲに考えておくように言ったことを切り出す。

「はい……僭越《せんえつ》ながら……」

ミカゲは少し緊張した面持ちで頷く。

「うむ。先に伝えた通り、他パーティの引き抜きも含めて許可する。ひとまず希望を言ってみろ」

「わかりました」

「で、誰にするんだ？　七山……はちょっと違うか……やはりリリィか？　ん？　リリィなのか？

あいつ可愛いもんな」

揺は、にやにやしながら言う。

「えーと……この方にしようかなと……」

ミカゲはリストにある希望人物を指差し、揺に見せる。

「ふむふむ……ん……？」

揺は目を細めて、確認する。

「…………はぁあああ!?」

その時、ミカゲは初めて揺が動揺する姿を見た。

不遜にも正直、少し可愛いと思ってしまう。

「ちょ、ちょちょ、お前なぁ!!」

そう。ミカゲが指差していたのはリストの欄外、資料の最後の方に書いてあった代表者のところであった。

「わ、私は非売品だぞ！」

「え？　〝好きな奴を決めさせてあげよう〟って言ったじゃないですか。あれは嘘だったんですか」

「ぅ……」

揺はぐぬぬとなる。

「束砂からもちょうど揺さんは今、どこのパーティにも所属してないって聞きましたけど……」

「つ、束砂……お前……」

「調整不要ですね」

佐正もニコリとする。

「ま、まさか、ミカゲがこんなこと言ってくるとは、想定外だった……」

「焚《た》き付けたのは揺さんですよ？」

前回の揺が話した内容は言った当人の想像以上にミカゲに響いていたのであった。

「あの夢を実現するには墨田ドスコイズ唯一のA級攻略者である貴方しかいないと思いました」

「……ぅ」

揺は再びぐぬぬとなる。

◇

「というわけで、ほ、本日のゲスト……仁科揺さんです」

ミカゲが不慣れな感じで揺を紹介する。
「どうも初めまして、仁科揺です」
揺がアンニュイな表情で挨拶をする。
《名無し：うぉおおおおおお》
《名無し：本物の揺きたー！》
《捨て身：揺！　揺！　揺！》
「あ、ちなみに揺さんは今日はゲストなんですけど、アース・ドラゴンへの加入が内定しております」
「まぁ、そういうことだ。この私が絆《ほだ》されるとはな……」
《名無し：なん……だと？》
《名無し：うぉおおおおおお》
《名無し：揺、頼んだら断りきれないタイプ説》
《捨て身：は？　羨ましすぎるんだが》
実際のところ、等級が二つ以上離れているとパーティを組むことができない。揺はA級なのでミカゲと佐正はB級にならなければならない。
ただ、正式加入でないコラボやゲストであれば同行可能なので、昇級するまではそれでつなぐことにしたのであった。
「ではでは、今日は以前、断念したアンダー二層の捜索をしていきます」

《名無し：覚醒師とおにぎりはどうしたー？》
視聴者が佐正とおにぎりの不在を指摘する。
「それなんですが、束砂は体調不良です」
《名無し：仮病じゃないだろうな？笑》
「その可能性も否めない。なんかアンダー行きたくなさそうだったから、別にいっかってことになった」
実際には本当に発熱での体調不良であったのだが、揺は少しひねくれた返答をする。
「ははは……」
ミカゲは笑っている。
《佐正束砂＊：何笑ってるんですかー!!》
《名無し：はは、本人いるわ》
「ん？　おい、なんで束砂いるんだよ！　お前、熱あるんだろ？」
揺が佐正が視聴していることに気付く。
《佐正束砂＊：あ、すみません……観るくらいはできるかなと……》
その佐正の発言が自身のポリシーに反していたのか、ぴくりとした人物がいた。
「束砂、体調不良の時はちゃんと睡眠《リカバリー》しろ」
《佐正束砂＊：え？　り、リカバ……》
「おい、ミカゲ、この佐正とかいう荒らしをBANしろ。すぐにだ」

「承知しました」
《佐正東砂＊：あぁあああ、すみませんんn》
佐正はＢＡＮされた。
《名無し：ＮＩＣＥ　ＢＡＮ》
《名無し：自分のパーティ、ＢＡＮされてる奴、初めて見たわ笑》
《名無し：よく休めよー》
「それじゃあ、行くか」
揺の切り替えは鋭い。
「時にミカゲよ、二層を探す見当は付いているのか？」
《名無し：そもそもあるのか？　二層は？》
「いえ、全く……」
「ないわけないだろ」
揺は視聴者にミカゲらに言ったことと全く同じことを言っていた。
（というか、揺さん、視聴者さんのコメントよく拾うなぁ。見習わなければ……）
《名無し：揺さん、何か心当たりあるんですかー？》
「なくはない」
《捨て身：ひょっとして、はぐれ？》
「言われてしまったな……あくまで、一つの可能性としてだがな。あ、いつもありがとう、捨て身さん」
揺はじと目のままドローンに向けて手を軽く振る。
《捨て身：くぁｚｗＳｘ》
（捨て身さんは熱狂的な揺さんファンなのかな？　俺らの最初の配信の時からいるし……で、えーと、はぐれ……か……）
確かに、はぐれは〝明らかにその階層にそぐわないレベルのモンスターが突如、出現する現象〟のことである。
上層であれば、さらに上層から降りてきたと考えるのが妥当だ。ではアンダーなら？
《名無し：今まであんまりアンダーに興味なかったけど、確かに二層以降がないはずのアンダーで、はぐれがいるのは不思議だね》
《名無し：考察ニキ、核心に迫る》
《名無し：知ってた》
《名無し：知ってた》
《名無し：知ってた》
（……すごいな。こんなに知ってた人がいるのか）
ミカゲは知ったかコメントを鵜呑《うの》みにする。
「じゃあ、はぐれ探せばいいんですね……！」
「って、簡単に言うがな、アンダーのはぐれに意図的に遭うのは簡単じゃないぞ。今まで私はそれができなくて何度も断念しているんだ。まさか君が陽炎蜥蜴に二度も遭遇するとは思わなかったよ……」

《名無し：こんなことなら教育的観点などと意地を張らずに、はぐれがヒントだと言っておけばよかったですね》

「おい、お前！」

揺は煽《あお》りが図星だったのか、怒っているかのような素振りを見せる。

だが、BANなどはしないようで、あくまでもじゃれ合いの一環のようだ。

そこへ若干、蚊帳の外になっていたミカゲがぽつりと呟く。

「いや、だから、その陽炎蜥蜴に〝追跡の妖石〟をつけてまして……」

「…………え」

《名無し：え》

《名無し：え》

《名無し：え》

＝＝＝＝＝＝＝＝＝＝＝＝＝＝＝＝＝＝

【追跡の妖石】

Lv1

効果：陰と陽の石がある。陰の石を妖獣にぶつけた場合、陽の石はその方向を示す。

＝＝＝＝＝＝＝＝＝＝＝＝＝＝＝＝＝＝

◇

「陽の石はこの辺を指してますね……」

ミカゲと揺は追跡の石を頼りにアンダーを移動し、ついに陽の石がくるくると回り出す位置までやってくる。

なお、道中の妖獣は全てミカゲが処理した。

《名無し：蜥蜴いないじゃん》

「そうだな……」

《名無し：追跡の妖石も当てにならないな》

《名無し：実はレベル三が外したんじゃないの？》

（そう言われると確かに自信がなくなってくる……）

《ゆーなて：CPTMが外すわけないだろ》

（……！　こいつ……！　大学の奴か？）

《名無し：CPTMってなんや？》

《名無し：いや、でも……いないって、つまりそういうことじゃないの？》

《名無し：ざわ……ざわ……》

「そうだ。今、私は非常に興奮しているぞ」

揺は言葉の通り、鼻息を荒くし、地面を踏み鳴らす。

「ガチであるぞ。アンダー二層……！」


「つまるところ、この下に陽炎蜥蜴がいるってことですよね？」

ミカゲは揺に確認する。

「そうだ」

「じゃあ、どうします？　掘ってみますか？」

「いや、それは無駄だ」

「ですよね」

ダンジョンの岩盤はいかなる手段をもってしても破壊できないのは常識であった。

《名無し：どこかに抜け道があるってことですかねー》

「そうなるな……しかし、そんなところあるのだろうか。過去にもアンダーの捜索は入念に行っているつもりなんだがな……」

「そうですよね……」

（……俺と東砂も同じことをやった）

さて、どうしたものか……と途方に暮れそうになった時……。

《名無し：なんかあそこだけ地面の地質が違くないですか？》

「え？」

「どこだ……!?」

揺がドローンにめちゃくちゃ近づいて聞く。

《名無し：ほら、左奥の……見間違いだったらすみません……》

「ありがとう、確認してみよう」

「……ここ……か」

確認する。

よく見ると確かにそのエリアだけ、地質が少し違っていた。

ちょうど六角形をつなぎ合わせたような模様になっていた。

《名無し：ナイスー》

《名無し：よく見つけたな》

《名無し：しかし、ただ模様が違うだけの可能性もあるな》

「どうします？　とりあえず掘ってみますか？」

「そうしよう……これを使っていいぞ」

そう言って、揺はどこからともなくスコップとヘルメットを取り出し、ミカゲに渡す。

そして、自らも同じ形のヘルメットを被《かぶ》り、率先して掘り始める。

《名無し：マッド・スコッパー（物理）》

「こらっ、変なあだ名で呼ぶなっ！」

揺は怒る。

が、しかし……。

「うーん、やっぱりこれも岩盤なのだろうか。硬すぎるようだ」

マッド・スコッパーをもってしてもスコップでは掘れる気配が全くしなかった。

《名無し：すみません……誤報でした》

「いやいや、謝る必要はないさ。情報提供ありがとう。それにまだ誤報と決まったわけじゃない。何せ、〝ダンジョンでは何が起きても不思議ではない〟のだから」

揺は普段より幾分、優しい口調でそんなことを言う。

「それに、ここに〝お泊りセット〟もある」

（え……）

「これほどまでに二層に迫ったことは過去にないんだ。他に何か変わったことはないか……長期戦も視野に入れる」

そして実際に、その日はお泊りセット……という名の簡易キャンプを使うこととなる。

深くは言及しないが、二十一時に就寝する。

翌日の配信開始――。
「ミカゲ、陽炎蜥蜴に動きはないか？」

「はい」

相変わらず追跡の妖石はくるくると回っていた。

《リリィ＊：もう死んでたりして笑》

《名無し：あ、リリィさんだ》

（あ、リリィさんだ）

コメントとシンクロするミカゲ。

《リリィ＊：揺さん、ミカゲ、お疲れ様ー。パーティ（仮）結成おめでとー！　頑張ってねー》

「あぁ、ありがとう……」

揺はいつになくジト目で応えている。

本当ならお前がここにいるはずだったのに……という目であろうか。

（陽炎蜥蜴……さすがにまだ死んではいないよな……）

と、ミカゲが思った時……。

地面が激しく振動する。

「うわっ、なんだ⁉」

辺りを見ると、昨日の六角形模様の地質があった箇所に大きな穴ができ始める。

振動が収まると何やら下の方から物音が聞こえてくる。

その穴からなんと……陽炎蜥蜴の頭が出てきたではないか。

頭だけの陽炎蜥蜴がミカゲと揺に気付く。

《名無し：うぉおおおおお出たぁあああああ》

《名無し：こんにちは》

《名無し：こんにちは》

《名無し：こんにちは》

……。

一瞬の静寂の後、陽炎蜥蜴の頭がゆっくりと穴に戻っていく。

《名無し：あ、逃げた》

「追うぞ！　ミカゲ！」

「はい……！」

ミカゲと揺は陽炎蜥蜴が出てきた穴へ飛び込む。

穴を降りると、そこはつるつるとしており、二人はほぼ滑落する。

そのまま地面まで滑り落ちた。

そして、ミカゲはそこで、そのつるつるの正体を知る。

「言っただろ？　ダンジョンでは何が起きても不思議ではないって……」

「はい……」

六角形模様の地質の正体は巨大な亀の甲羅であった。

亀の甲羅が下への入口を塞いでいたのだ。

「昨日のリスナーさん、貴方は間違っていませんでしたよ。改めてありがとうございます」

揺はそんなことを呟く。

《名無し：昨日の人、ないすぅうう！》

《名無し：昨日の人、ぐっじょぶ！》

《昨日の人：ありがとうございます、お役に立てて光栄です》

「さて……」

（目の前には蜥蜴……後方には亀がいる）

亀の方は極めて巨大であるが、動く気配はない。

蜥蜴は例の奴。ミカゲが切断した尻尾は完全には戻っておらず、少し生えている状態であった。

「逃げたところ見ると、こいつミカゲにビビってるな」

「そうかもですね……」

陽炎蜥蜴は壁際に下がり、やや縮こまりながら、威嚇している。

（こいつを狩るべきか……）

ミカゲは悩む。

ミカゲにとって、この蜥蜴は因縁がある。

しかし、蜥蜴が一層に戻るために必要になる可能性があった。

もしこの後、亀が再び穴を塞いでしまったら、元に戻れなくなってしまうかもしれない。

この蜥蜴が鍵のような役割をしている可能性を否定できなかった。

「どうする？　戦意はないように見えるが」

揺がミカゲに尋ねる。

「はい……それにこいつがいなくなると戻れなくなる危険性がありますね」

「まぁ、それもそうだな。ただ、こいつが一層に出てくると、危険な存在になっているのは事実だ……」

「そうですね………あっ……」

「ん……？　どうした？」

（こいつの危険度は七十五……ギリいけるか……）

「凄腕《すごうで》のテイマー知ってますよ」

「ほう……」

ミカゲの発言に、揺はいくらか興味ありげだ。だが……。

「奥に洞窟が続いているな」

「はい」

「とりあえずこの蜥蜴の処遇は保留だ。それよりも早く行くぞ……！」

揺は居ても立っても居られない様子だ。

ひとまず二人は陽炎蜥蜴の処理は後回しにし、洞窟の奥へと進むことを優先する。

「今、私たちはついにアンダーの二層に足を踏み入れたぞ！　この先に何があるのか、はたまた何もないのか……ワクワクしてきたな！」

揺は興奮気味に言い、ついでに何かを取り出す。

どこか見覚えのある風貌の人形だ。
「なんですか？　それ」
「束砂くん人形だ……！」
（やっぱりそうだよね……）
「いや、まぁ、この場にいないのがさすがに可哀想だから、臨場感だけでも味わわせてやろうと思ってな」
《名無し：佐正！　よかったな笑》
《名無し：だったらBAN解除してやれよ笑》
《名無し：欲しい……！》
（束砂には女性ファンが結構ついている……）
「ふむ、グッズ販売も視野に入れよう」
《名無し：おにぎりもお願いします》
「検討しよう」
《名無し：ミカゲさんもお願いしまーすと子供が言っております》
（……！）
「うむ、検討する」
（……）
正直、ちょっと嬉しい自分《ミカゲ》がいた。

なお、揺のグッズは今時点で普通にある。

ミカゲが攻略者になったあの日、嬉しさのあまりお布施として〝揺ちゃん人形〟を購入したのは上機嫌にふーんふーんと鼻唄まじりの人には秘密だ。


二人は洞窟を進み始める。

一本道の洞窟がしばらく続いていた。と前方に……。

「お……？」

「出たな……アンダー二層、第一妖獣だ……」

その妖獣はすでにこちらを警戒していた。

人間ほどの身長の猿のような姿をしており、手には刀を持っている。

(……刀)

ミカゲはその猿が持っている刀が気になる。一層には刀を持った妖獣は存在しなかった。

しかし、基本的にはモンスターや妖獣を討伐すると、その所有物ごと消滅してしまうので、そのまま刀を奪うことはできない。

だが、ドロップしたトレジャーボックス内からはそのモンスターや妖獣に関連する品物が出る確率は多少なりとも上昇する。

「あいつは……未確認妖獣だな」

【妖獣　刀猿《とうえん》　危険度六十五】

ドローンが対象の妖獣の名称と危険度を示す。

（……危険度六十五……か）

一体目であるため、偶然かもしれないが、アンダー一層の妖獣の危険度が一～二十であることを考えると非常に高い数値だ。

「ミカゲ、いけるか」

「はい……自分にやらせてください」

相手が刀使いとあっては、一対一大好き男の血が騒ぐ。

すると、刀猿がちょうどミカゲに向かって突進してくる。

（……）

刀猿は人間とは異なり、四足歩行で走るため、重心がやや低い。

（……重熾）

真っ向から受けたミカゲの刀と刀猿の刀がぶつかり合う。

ギィっ。

と、刀猿が大きくノックバックする。

刀猿は想定外の反発力に幾分、驚きを見せる。

パリイ。

非常に簡単に言ってしまえば武器を使って弾くこと。

ミカゲが得意とする技術だ。
だが、刀猿に驚いている猶予はない。
ギ……！
ミカゲが迫撃を仕掛ける。刀猿は必死に刀で凌《しの》ごうとする。
カンと一度、刀がぶつかり合う金属音が響く。
しかし、二度目は響かない。
両者は交差するように入れ替わり、背中向き同士となる。
ギ……。
ミカゲは刀を振り抜いた姿勢。
一方の刀猿は脇腹を押さえるように膝をつき、そして消滅していく。
迫撃一度目の剣撃で大きくバランスを崩された刀猿に為《な》すすべはなかった。
《名無し：ぐっじょぶ》
《名無し：本当、パリイうめぇな》
「ナイス、ミカゲ……さぁ、先へ進もうか」
揺はあっけらかんとしたものだ。
それだけミカゲのことを信用しているのだろう。
なお、トレジャーボックスは出現しなかった。

その後もしばらく道なりに洞窟を進んでいく。

道中、何体かのレベル六十程度の妖獣と遭遇したが、その都度、ミカゲが処理していく。

こんなにレベル六十の妖獣と一対一ができるなんて……。

やはり練習と実戦では経験値が桁違いだ、とミカゲはひっそりと感嘆していた。

《名無し：揺さんの戦うところも見たいよー》

（あ……確かに……）

ミカゲは少し反省する。

「まぁ、待て。真打ちは遅れて登場するものだ」

などと揺は相も変わらず上機嫌だ。

しばらく進んでいくと、初めて無骨な洞窟ではない景色の場所にたどり着く。

その場所は洞窟の中にあって、ほんのり青白く発光している。

直径二十五メートルほどのドーム状の空洞になっており、その中央には泉がある。

どうやら光は泉の中から発せられているようだ。

「うぉおおおお！」

興奮しているのは揺だ。

「はは……どうしたんですか、揺さん」

「どうしたって、お前！　これはすごいことだぞ!?　あの無骨で何もない洞窟が延々と続くと言われていたアンダーにこんな場所があるのだから！」

「た、確かに……」

《名無し：地味にすげぇ》

「おい、そこ！　地味とか言うな！」

揺はプンスカする。

「それにしてもなんで光ってるんでしょうね」

「そうだな……いわゆる、霊泉というやつかもな」

「霊泉……？」

「内部から妖力が漏れ出しているのだろう……これが魔力であれば、精霊なんかが好むものだが……」

「なるほど……」

「と、まぁ、大発見ではあるのだが、特にやることもない……先に進むか……って、あれ？　配信が停止してるな」

「え？　あ、本当だ……」

「妖力の干渉かな……」

揺が呟く。

と……。

「あ、あのー」

「⁉」

突如、背後から話しかけられ、ミカゲと揺は肩を揺らして驚く。

振り返ると、そこには小さな人物が立っていた。

その人物は身長百五十センチくらいの男性。和風の袴《はかま》をはいている。

小柄な割に顔は結構、老けていたが彫りの深い顔立ちをしていた。

更に特徴的なことに耳が人間のそれより少し尖《とが》っている。

「あ、あの……」

「ありがとう……」

「え……？」

会って早々感謝を告げる女性にその男性は戸惑いの声を上げる。

「私は今、非常に感動している」

未知との遭遇に揺は興奮を抑えられない様子だ。

「それでお主、何者だ？　種族！　種族を忘れずに付け加えてくれ！」

揺は目をらんらんと輝かせながら尋ねる。

「え？　えーと、私は土和夫《どわふ》のサジオと申します」

「ど、ドワーフだと……⁉」

「え、えぇ……土和夫です」

「素晴らしい……！」

多少のすれ違いがあるものの大きな差異はなさそうだ。

「ミカゲ、見ろよ！　ドワーフだ！　ドワーフ！」

揺は子供のようにきゃっきゃと喜ぶ。

その姿は少し微笑ましかった。

「それで、サジオさん、どういったご用件でしょう？」

浮ついている揺の代わりにミカゲが尋ねる。

「あの……お二人はこの先に行くのですよね？」

サジオは入ってきた方と反対側の洞窟の出口を指差す。

「そのつもりです」

「であれば、私、ついていってもいいでしょうか。ちゃんとお礼はします。言葉だけでなく、モノでも」

「おう、構わんよ」

横から揺は無警戒でＯＫする。

（ちょ、揺さん……）

「あの……一応、聞いてもいいですか？　サジオさんはこの先に何があるかご存知なのでしょうか」

「ちょ！　ミカゲよ……ネタバレはNG」

揺はぷんぷんする。

（一理あるけども……）

「え、えーと、じゃあ、ひとまず何があるかは言いませんが、この先には強力な妖獣がおりまして……私、戻れなくなってしまったんです」

「なるほど。行こう！」

もはや揺はYESありきだ。

そうして、サジオを連れて、洞窟の先へ進むことにする。

……。

《名無し：お、戻った》

《名無し：おかえりー》

霊泉を出ると、配信が再開される。

（やはり霊泉から出る妖力が干渉していたのであろうか……）

その後、二人と土和夫のサジオは洞窟を進んでいく。


「……出たな」

「はい……」

しばらく進むと、新たな妖獣が現れる。

【妖獣　鬼蛙《おにかわず》　危険度七十六】

「なるほど、確かに平均値《アベレージ》が上がったな」

「はい……」

「だが、まだ狼狽《うろた》えるほどのものでもない。どうする？　補助がいるか？」

「不要です……！」

そう宣言し、ミカゲは鬼蛙に向かっていく。


「おぉ、お見事です」

鬼蛙をしりぞけたミカゲをサジオが讃《たた》える。

「ありがとうございます」

「ですが、この奥にいる妖獣は、まだまだこんなものではないのです。私は心苦しいのですが、戦うことができません。ついていかせていただく手前、大変恐縮なのですが、ご警戒を……」

（……この人、どうやって霊泉《あそこ》までたどり着いたんだろう）

ふと、ミカゲは疑問に思う。

「ミカゲ、行くぞ！」

「了解です」

その後、数体の妖獣が現れた。

危険度のアベレージは七十オーバーであった。

しかし、普段から危険度七十のモンスターと無宝物でチャンバラをしているミカゲにとって、覚醒刀を装備した今、それほど難しい相手とは感じなかった。

更に進んでいくと、洞窟の先に明るくなっている空洞が見えてくる。

「ここです！　ここに特に強い妖獣がいます！　警戒してください！」

「ミカゲ、警戒するぞ……」

「了解です」

ミカゲと揺は警戒感を保ちつつ、空洞に出る。

先程の霊泉よりはやや広く、直径四十メートルほどのドーム状の空間となっている。

霊泉とは異なり、泉があるわけでもないが、岩石の材質が灰色寄りなせいか、不思議とそこまでの洞窟内よりも少し明るかった。

しかし、パッと見では妖獣らしきものはいない。

「おい……見ろ……」

「ん……？　え……!?」

ミカゲは揺が指差す空洞の中央部分を見る。

そこには人骨らしきものが転がっていた。

《名無し：事件発生》

《名無し：ぎゃぁあああ人骨ぅ》

《名無し：ざわ……ざわ……》

身長は百五十センチそこらであろうか。

それくらいの人骨が数体転がっている。

「ドワーフのものか……」

「そうですね」

サジオが頷く。

《名無し：ドワーフ……だと？》

《名無し：いるのか!?》

《名無し：なんでそのドワーフの人骨が？》

にわかにコメントが活気づく。

（言われてみると、霊泉での出来事は配信してなかったからな……）

などと考えていると、上空から物音がする。

「で、出たぁああああ!!」

サジオは大声を上げる。

岩が剥がれるようにして、それは落ちてくる。

「こいつか……」

それは岩をまとった巨大な蜘蛛であった。

【妖獣　大岩蜘蛛《だいがんぐも》　危険度Ⅱ】
（……危険度……Ⅱ？）
＝＝＝＝＝＝＝＝＝＝＝＝＝＝＝＝＝＝＝＝＝＝＝＝
【危険度：推奨等級】
70～：D級以上
80～：C級以上
90～：B級以上
Ⅰ～：A級以上
＝＝＝＝＝＝＝＝＝＝＝＝＝＝＝＝＝＝＝＝＝＝＝＝
《名無し：ぎゃぁああ!!　危険度Ⅱだぁあああ》
《名無し：逃げてぇえええ》
【危険度上限オーバー、E級攻略者は直ちに戦闘から退避してください】
（っ……！）
ドローンが警告を発する。
「まぁ、そうなるわな……戦闘領域は……出てないか……ミカゲ、サジオを連れて、ひとまず入口のところまで下がれ」
そう言って、揺は束砂くん人形をぽいっとミカゲに投げる。
「し、しかし……」

「お前、また謹慎になりたいのか？」

「……っ」

「あのなぁ……そんな心配そうな顔するなよ。悲しくなるだろ？」

揺は眉を八の字にし、目を少し細めて、切なそうな顔をする。

「お前だろ？　言ったのは……」

「え……」

「夢を実現するには墨田ドスコイズ唯一のA級攻略者である貴方しかいない……だっけ？」

「……！」

「そこで観とれ」

揺はくすりと笑う。

《名無し：いいぞ～、ゆらめ～～！》

《名無し：揺はかわっこいいなぁ！》

《名無し：ちょっと恥ずかしいセリフ言っちゃう揺、それもまた奥ゆかしい……》

羞恥心を抉《えぐ》るコメントに襲われ、揺は心なしか頬が紅《あか》い。

が、さすがに目の前に危険度Ⅱがいては返答はしない。

《名無し：来るぞ》

「っ……！」

開幕早々、大岩蜘蛛は転がっている岩を、糸を駆使してぶん投げる。

一発のみならず、五月雨で数個の岩が乱れ飛ぶ。

「揺さん……！」

ミカゲは思わず叫ぶ。

しかし、揺はその場から動く様子はない。

（……！）

ズガン、ズガンと岩が衝突する音が響き渡る。

揺の目の前には分厚い一枚の鋼鉄の壁が発生しており、岩の進行を阻害する。

《名無し：いきなりCrCoNi合金の壁きたー！》

《名無し：そんな単純な物理攻撃が揺に通るわけない》

コメントは大盛り上がりだ。

そんなことはつゆ知らずの大岩蜘蛛は不発であったことだけは理解しており、警戒している。

と、合金の壁が消滅していく。

ギ……？

大岩蜘蛛がそこにいると考えていた獲物《ゆらめ》はすでにそこにいなかった。

合金を形成していた物質が分解され、大岩蜘蛛の左側方向に向かっていく。

そこに獲物《ゆらめ》がいたからだ。

「ほいっ……！」

分解された物質は今度は剣のような鋭い形状に変化し、揺はそれを軽く振り回す。

ギィアアアア！

大岩蜘蛛の左前脚二本が切断される。

ギギャアアアア！

だが、大岩蜘蛛もそれで戦意喪失するほどやわでもない。

左前脚が切断され、左前方にいる獲物《ゆらめ》への脚での攻撃が難しいと判断するや否や全身プレスで叩き潰そうとする。

しかし、揺はまるで引っ張られるかのように後方に離脱していく。

「わぁあああああああ、あはははははは」

などと、楽しそうな悲鳴を上げながら。

《名無し：バンジー脱出きたー》

《名無し：楽しそうで何より》

《捨て身：揺の笑い声を聞くと来週くらいから頑張ろうって気持ちになるんだ》

《名無し：いや、今日から頑張れよ》

コメントも大いに盛り上がっているようだ。

バンジー……すなわちゴムひもである。

揺はゴムの力を使い、素早く蜘蛛から離脱したのである。

全身プレスに失敗した大岩蜘蛛は立ち上がろうとする。

ギィ……？

が、しかし、立ち上がれない。
もう一度、脚に力を込める。
しかし、どうしても立ち上がることができない。
関節を稼働させることができないのだ。
「拘束は君の十八番だったかな？」
揺は少し意地の悪い様子で大岩蜘蛛を煽る。
《名無し：もう決着ついてた》
《名無し：接着剤べとべと》
まさにコメントの通りであった。
大岩蜘蛛が全身プレスをかけたその地面に揺は超硬化接着剤をまき散らしていたのだ。
哀れにも接着剤に自ら全身ダイブしてしまった大岩蜘蛛はもはや身動き不能であった。
「悪く思うな……」
ギ……？
バンジーで離れていたはずの揺はいつの間にか蜘蛛の近くにいた。
そして、鋼鉄の刃をストンと頭部に突き刺す。
ギィィイイイイ。
断末魔を上げ、大岩蜘蛛は消滅していく。
《名無し：うぉおおおおおお！》

《名無し：危険度Ⅱ？　揺には危険度二だな》
《名無し：揺はかわっこいいなぁ！》
《名無し：科学は魔法によく似ている》
（知ってはいたけど……強っ……）
多くの映像が残っているのだ。知らないはずがない。
ミカゲもその強さを改めて見せつけられ、感嘆する。
接着剤やバンジーが分解され、揺の両掌の上でふよふよと浮いている流体物質の元へと戻っていく。

「お疲れ様です」

「あぁ、ありがとう……」

揺はひょうひょうとした様子で言う。

【仁科揺　A級攻略者、宝物特性レベル九】

【職型：科学者……という名の黒魔法師】

【宝物：錬魔球《ボイドボール》　宝物レベル九】

錬魔球は魔力を込めることで、その形態を変化させる不思議物質。

通常はその性質を使用し、炎、風、氷、水といった自身の得意とする属性魔法に変化させる。

しかし、自称、科学者……こと仁科揺は本来の得意属性〝金〟であったのだが、その形質を人間が発見したり、生み出した素材を魔的に模したものに変化させる。

超合金による防御、切断。

ゴム素材、接着剤によるトリッキーな攻撃。

といったように……。

〝科学は魔法によく似ている〟……とは、かつて揺がインタビューで呟いてしまった台詞《せりふ》で、今でもいじりコメントで使われる。

「というか……高レベル環境をぶっ壊せとか言って、自分は特性レベルも宝物もレベル九、職型もフル活用……」

ミカゲは束砂くん人形を揺に返しながら言う。

「すまん、ただの天才ですまん」

揺はすんすんと泣き真似《まね》をするのであった。

「なんということでしょう。あの岩蜘蛛をたった一人で倒してしまうなんて……」

サジオも唖然としていた。


空洞の先に出ると、また洞窟が続いていた。

しかし、これまでの道のりと異なり、いくつかの分岐点があった。

その都度、サジオの誘導に従い進んでいった。

「いやー、サジオがいて本当によかった」

「いえ……こちらこそお二人のおかげで戻れますので」

《名無し：揺、なんやかんや優しいな》

《名無し：きゅんきゅん》

「や、やめい……！」

そんなやり取りをしていた。

「揺さん、なんで盾にダイヤモンド使わないんですか？」

歩きながらミカゲが尋ねる。

「いや、ダイヤモンドが硬いと言われているのは〝傷のつきにくさ〟だからな」

「へ……？」

「あれはハンマーで叩けばぶっ壊れるぞ？」

「ま、まじすか……」

「あぁ……硬さの中でも靭性《じんせい》の方が重要なんだよな……そういう意味じゃクロム・コバルト・ニッケル合金が最きょ……」

「そろそろ着きますよ」

揺が何やらマニアックな話をし始めそうになった時、サジオが声を掛ける。

「お……？」

「おぉおおおおおお！」

揺はマニアックな話のことなどすっかり忘れて駆け出す。

そして、振り返り、キラキラと輝く笑顔をミカゲに向ける。

「これがあるから攻略者はやめられんっ!!」

洞窟を抜けた先は小高い丘になっていた。

そこは地下なのに空がある不思議空間。

その眼下には和風の街が広がっていた。

《名無し：うぎゃああああああ！》

《名無し：やりやがったぁあああ》

《名無し：新発見きたぁああああああ》

「なっ、ミカゲ！」

「ダンジョンでは何が起きても不思議ではない……ですね？」

「う、うむ……」

先読みされた揺は少し悔しそうだった。


「さて、どうするか……」

揺は腕組みをしながら言う。

「これだけの街だ。文化があるのは確かだな。問題は、ユグドラシル上層三十層にいる精霊や四十二層にいる子猫人のようにコミュニケーションが取れるかどうかだ。それらはたいていの場合、精霊魔法や新しいものをもたらしてくれる」

「まぁ、コミュニケーションについては大丈夫なんじゃないですかね？」

ミカゲはサジオに視線を送りながら言う。

「……それもそうだな」

揺も納得するように頷く。

「となると、コミュニケーションの方針だが、基本的には二つに一つ。友好か侵略か」

「「え、侵略⁉」」

ミカゲとサジオは驚く。

「もちろん、侵略が最初の選択肢《ファーストチョイス》ではない」

ミカゲとサジオはほっとする。

（……とはいえ、ファーストチョイスではないってことは状況によってはそういうこともあり得るってことだよな。実際、海外のダンジョンでは侵略したケースもあるようだし……）

「そういう意味では、まずは侵略の意思がないことを上手く伝える必要があるな……」

《名無し：二人だけで行くのはさすがに危険じゃない？　一旦、引いた方がいいんじゃない？》

《名無し：揺なら大丈夫っしょ、行け！》

《名無し：無責任なこと言うなー》

《名無し：誰もこの好奇心は止められないぜ》

《名無し：揺さん、もしものことがあったら……心配だよぉ》

コメントは〝このまま突撃派〟四割、〝態勢を整えるべき派〟六割といった感じであった。

（……）

ミカゲは悩む。

かなりの僅差ではあったものの、一旦、自分の意見をまとめる。

「揺さん、一旦、引きましょう……」

「……そうだな。新文化発見時の行動について、規定《ルール》ではないが指針《ガイドライン》ではそうなっている……」

揺は明らかに気落ちしていたが、ミカゲの意見に同意してくれる。

が、その時であった。

「なんだ、あいつらは!?」

「丘の上に不審な奴らがいるぞ！」

（え……？　やばい、見つかった）

《名無し：うわぁあああ、見つかったぁあああ》

《名無し：逃げてぇえええええ》

《名無し：よしきた！　やっちまえー！》

コメントも急増するが、今は反応する余裕はない。

「ドローン、ステルスモード」

【ステルスモードに手動変更】

「ゆ、揺さん……！　っ!?」

ミカゲは即座にドローンを不可視のステルスモードへ切り替えた揺を見ると、なんとも奇妙な表情をしていた。

口角の上昇を抑え込もうと必死に堪《こら》えようとしたような顔だ。

「ウ、ウワー、見つかってしまったー。戻ろうとしてたのに見つかってしまったー」

揺はきもち棒読みでそんなことを言っている。

「捕らえろぉ!!」

そんな間にも、あっという間に何人かに囲まれ、今にも取り押さえられそうだ。

「や、やばないですか?」

ミカゲが揺を見る。

「……!」

と……揺はウィンクする。

「っ……」

(もう……本当に無茶な人だ……)

ミカゲは覚悟を決める。

そうして、二人はほぼ無抵抗で拘束される。

《名無し：うわぁあああ、捕まっちまったぁあああ》

《名無し：Emergency! Emergency!》

《名無し：今、揺が俺にウィンクをしたような……》

《名無し：お前にじゃねえよ、俺だ》

コメントは盛り上がっているが、もちろん反応することは不可能な状況であった。

（って、あれ？　サジオは……!?）

気付くとサジオがいなかった。

ミカゲは咄嗟に揺の方を見る。

揺もそれに気付いていたようだが、無言で首を横に振る。

（……言うなってことか。まぁ、上手く抜け出せたのなら確かにその方がいい……って、いや、サジオさん、状況を説明してくれよぉおお）

「お前たち……」

（っ……）

見ると彼らはやはりサジオと同じように小柄で、顔の彫りが深く、耳が尖っているという特徴を持っていた。

一方で和風の袴を着用している。

つまり土和夫である。

「どこから来た!?　何者だ!?」

ミカゲらを捕らえた者たちの中の一人が問いかける。

「どこってあそこから……あ、人間《ヒューマン》です」

ミカゲは腕を拘束されてしまっているので、やってきた洞窟の出口に視線を送る。

「人間……外界の者か……？　いや、それよりあの洞窟には巨大蜘蛛がいて、抜けることは不可能なはずだ……」

「大蜘蛛なら倒しましたけど……そこの人が……」

ミカゲは揺に目線を送る。

揺は鼻高々な表情だ。

（この人、この状況でも余裕だな……）

「なんだと……!?」

その場は、「嘘だ」「ありえない」といった疑念の声でざわつく。

《名無し：残念、本当でした》

「真偽は不明……」

《名無し：本当に決まってんだろ！　揺、舐めるな！》

残念だが、コメントは彼らの耳には届かない。

「だが、君たちが来てくれてちょうどよかった」

「そ、そうだな」

「まさにグッドタイミングというやつだ」

（お……？）

《名無し：お……》

《名無し：流れ変わったな》

（歓迎ムードか……？）

「ちょうど生贄《いけにえ》に困っていたところだったんだ」


牢屋《ろうや》にて――。

「で、どうするんです？　この状況？」

「どうしようかねー」

ミカゲの問いに揺は首を傾げる仕草をする。

状況……。

鉄格子の牢屋に二名。手は背中の後ろで拘束されている。

没収されたもの。

ミカゲの鞘および刀。

結局、見つかってしまったドローン。

（まぁ、絶体絶命と呼ぶような状況ではないけども……）

「なぁ、それはそうと、ミカゲ。来る時に街の様子を見たか？」

「え、はい……」

「どんな印象だった？」

「え、うーん、まぁ、正直言うと、なんかちょっと物哀《ものがな》しい……？　って感じですかね」

「だよな。街の規模の割に人が明らかに少なかった」

（……なるほど）

ミカゲは揺の言葉を聞いて、腑《ふ》に落ちる。

「なんというか……あれは滅びゆく限界集落って雰囲気だな」

「確かにそうですね……」

「その通りです」

「「……!?」」

牢屋の外から声がする。

「お、サジオ、無事だったか」

それはサジオであった。

「先程はすみません、自分だけ逃げてしまい……」

「いやいや、いいんだぞ！　気にするな！」

揺はそんなことを言う。

（いや、揺さんは捕まってしまいたかっただけでしょ！）

「本当にすみません、わけあって彼らの前には出ていけないのです……」

「ん？　ひょっとして規定違反をして謹慎中とか？」

揺はちょっと意地悪そうに口角を上げて聞く。

「え、えぇ……そんなところです」

（……はは、本当にそうなのね）

「お二人も見ましたよね？　この街の様子を……」

「えぇ、まぁ……」

「期待されていたお二人には少し申し訳ないのですが、この街……いや土和夫は滅びゆく運命にあります」

（……！）

「この街は……夜が長いのです。そして深刻な妖獣による問題を抱えています」

サジオは説明してくれる。

聞くと、
夜が長く、昼が短いことで元々、食糧に恵まれてはいなかったそうだ。

それでもかつては現在よりは状況はましで人口に大きな増減はなかったという。

その状況が悪化し始めたのが〝白蛇《しらへび》〟という妖獣が現れてからだという。

白蛇は強かった。

しかし、白蛇は食糧を与えることで、街に危害を加えることはなかったという。

故に土和夫たちは戦うことはせず、白蛇に食糧を献上することで、街を守った。

だが、白蛇が食べる量も凄まじかった。

土和夫は、少ない食糧を白蛇に与え続ける業《カルマ》を背負った。

「土和夫は元々、妖石や妖鉱石に関する高い技術を持っています」

「おぉ、それは興味深い……！」

揺は少しテンションが上がっている。

「かくいう私も刀鍛冶だったり……」

（まじか……！）

「しかし、残念ながら石は腹の足しにはならないのです……」

（……）

「白蛇の食欲は年々増しています。食糧は減り、それは次第に少子化を招きました……」

「なるほど……」

揺も神妙な顔つきで聞いている。

「だから、私はこの状況を打破するべく、禁忌とされている岩蜘蛛の先の世界を目指したのです」

（……この人、勇気ある人だ……）

「話してくれてありがとう」

揺が優しく落ち着いた口調で言う。

「復興しがいがあるというものだ」

「え……？」

「あ、それで……この後、私たちは、どうなるのだろうか？」

「あ、えーと……恐らく〝生贄〟にされます」

（ひぇっ）

「白蛇の？」

「えぇ……人、二人差し出せば、白蛇もしばらくは満足するでしょう」

（多少は同情するが、地味にひどい話だ……）

「し、しかし、強いあなたたちが岩蜘蛛を倒したことを説明すれば、きっと何かしらの交渉の余地があると思います」

「なるほど、なるほど……」

揺はうんうんと頷いている。

「サジオには悪いが、あいつらボコってもいいかもな……」

「えっ!?」

サジオは驚く。

（実際、生贄にしようとしているのだから、そうされても文句は言えないだろう）

「そ、それだけは……」

「そうだな。サジオに免じて……」

「……！　ありがとうございます……！」

サジオはほっとした様子で深々と頭を下げる。

「そうだな、うん、少しこのままにして様子を見てみようと思う。サジオは隠れていてくれて構わない」

「いいんですか？」

ミカゲが聞く。

「あぁ、武力で屈服させるのは容易い。だが、それでは得るものも少ない」

◇

「ついてこい……」

（……）

土和夫が牢屋を開け、ミカゲらを連行する。

土和夫は四名いるようだ。

揺も特に抵抗することなく、それに従う。

そのままミカゲと揺の二人は街の外れにある祭祀場《さいし》のようなところに連れてこられる。

そして、中央部にミカゲと揺を置き、土和夫たちは離れていく。

（あー……これ、サジオさんの言った通りだわ）

ミカゲは悟る。

（……揺さんは……）

ミカゲが揺を見る。と、従順そうに目を瞑ってぶつぶつと何かを呟いている。

「私は村の娘、ついに私の番が回ってきてしまった。村の掟《おきて》は絶対……私がこの身を捧げることで村の皆が救われるのであれば、この命など惜しくはない…………と気丈に強がる甲斐甲斐《かいがい》しい村の娘……」

（……よくわからないが、生贄気分を味わっているのだろうか……）

と土和夫たちが祈りを捧げるように跪《ひざまず》く。

「白蛇さま、白蛇さま、本日の供物にございます。どうか怒りを収め賜《たま》え」

すると、街の外側からガサゴソと地が擦れるような音が聞こえてくる。

（……っ！）

ミカゲたちの前に巨大な白い蛇が現れ、口からは涎《よだれ》をだらだらと垂らしている。

巨大な白い蛇はゆっくりとミカゲ、揺の正面に来る。

そして、二人を舐め回すように見る。

まるでどちらを先に食《しょく》そうか品定めするように。

「うわー、やばいですよー！　どうするんですか、お二人ぃいい！」

（……サジオさん）

揺に隠れていていいと言われていたサジオであったが、二人の危機的状況に居ても立っても居られなくなったのか、祭祀場の脇から現れ、わぁわぁと騒ぐ。

その間に、白蛇は本日の前菜を決めたようだ。

（……揺さん）

白蛇は揺を愛《いと》おしそうに見つめている。

「ほーん、私からいくか。いい度胸だ……あ、間違えた。私は健気《けなげ》な村娘……この身一つで村の皆を救えるのなら……」

（まだ、やってるのか、この人……）

ジャァアアア!!

「っ……！」

揺が何か言っていることなど、理解していない白蛇がおいしそうな揺にかぶりつく。

が、当然、硬くてかぶりつくことなど不可能。

ジャッ……!?

「えっ……」

「何が……」

突然、メタリカルにコーティングされた女性を前に白蛇はその牙に大きな損傷を負う。

傍《はた》から見ていた土和夫たちもにわかにざわつく。

ひゅんという音がして、ミカゲの手枷《てかせ》が外れる。

（お……）

「あ、ありがとうございます」

「おう！」

揺がにかっと笑う。

揺は錬魔球が没収されていない。

揺は意のままに錬魔球を操ることができる。

身体検査を逃れることなど難しいことではなかった。

だから絶対絶命というほどでもなかったのだ。

ちなみに揺の身体検査は女性の土和夫が行ったため安心されたし。

「ミカゲさん！」

「おっ……」

サジオがミカゲに何かを投げ、ミカゲはそれを咄嗟にキャッチする。

（……ナイス、サジオさん！）

それは没収された鞘とドローンであった。

「あ、あいつら、一体、どうやって⁉」

土和夫たちは何がなんだかわからぬ様子で困惑している。

（……ドローンを起動してっと……）

「お、ミカゲ、エンターテイナーたる攻略者のなんたるかを理解してきたな」

「えっ、あ、はい……」

《名無し：うぉぉおおおお！　帰ってきたー！》

《名無し：心配してたよぉお》

《名無し：おかえり》

《名無し：って、これどういう状況？》

《名無し：再開時、いきなりピンチは基本》

【妖獣　白蛇　危険度八十二】

ドローンが白蛇の危険度を告げる。

「なんだ、危険度八十二か。洞窟の奴の方が上じゃないか」

【危険度上限ワーニング、E級攻略者は戦闘からの退避を推奨します】

（八十オーバーはワーニング。退避勧告……）

「揺さん……」

ミカゲは責任者に確認を取る。

「やってよし……！　なるべく派手にな……！」

「はい……！」

と、1.5メートル×1.5メートルの正方形の鉄板が白蛇の直上に発生する。

ジャ……!?

鉄板は凄まじい音を立てて落下する。

ジャアアアアア！

白蛇はなんとか直撃を回避したものの身体の一部が鉄板の下敷きになり、悲鳴のような咆哮を上げる。

ジャ……。

そして、目の前にゆらりと刀を持つ男性が現れる。

気付けばその首は宙を舞っていた。

今日も愚かな土和夫どもから餌を奪うだけの日々を送るはずだったのに。

《名無し：お、やったな》

《名無し：言うほど、ピンチでもなかったのかな》

《名無し：ひょっとしてこれが中断前にドワーフが言ってた生贄と関係あるの？》

コメントは結果を冷静に受け止め、分析するような雰囲気だ。

「し、白蛇さまが……」

「な、なんたることだ……」

「あぁあああああ」

一方で土和夫たちの動揺は大きなものであった。

言葉にならぬほど、狼狽える者もいる。

一種の神として祀《まつ》ってきたものの消滅。一方で食糧問題を引き起こす原因であった存在の消滅。

それは悲しみや怒り、喜びといった一つの感情では表現できない事態であった。

「お前たち……！」

「「……!?」」

そんな土和夫たちの前に揺はどんと仁王立ちする。

「蛇は死んだ……！　そして、とりあえず食糧はあるぞ」

「「……!?」」

揺はそう言うと、大量の菓子パンやポテトチップスなどのお菓子を出現させる。

「なんだこれ？　食べ物……か」

「す、すごい量だ……」

「で、でも……一体、どこから……」

当然、土和夫たちは困惑する。

〝圧縮巾着〟。

揺の……というか上級の攻略者はだいたい所持している道具を持ち運ぶための宝物だ。

持ち運び上限はある。加えて、武具系の宝物を入れることはできない。

「ミカゲも食うか？」

揺は微笑みながら言う。

「……いえ、遠慮します」

深くは言及しないが、彼はパンを食べない。

「こ、これを私たちに？」

「あ、あぁ……外界に行けば、こんなものはいくらでもある」

「……！」

土和夫たちはざわつく。

「だが、ボランティアではないぞ？」

「……！」

「交換条件《ギブアンドテイク》だ」

揺はにやりと笑う。

◇

その後、揺は人間と土和夫との正式な話し合いの場を設けることを取りつける。

「ひとまず私たちの役目はここまでだな。交渉は専門家に任せればいい」

「そうですね」

「お二人……」

「……！　あ、サジオ、どこに行ってたの？」

白蛇を倒した後、サジオは再び、姿をくらませていた。

「あー、規定違反の件か……なんなら、私から街の人たちに口添えしようか？」

「いえ、大丈夫です、その必要はありません」

「そうか……」

「お二人、本当にありがとうございました」

「いやいや、利害関係の一致だよ」

「少しだけ……いいですか？」

「おう」

「本当にあなたたちに憑《つ》いていってよかったです。お二人からは悪い気配がしなかった。外の世界から来たあなたたちなら街の現状を打破できるかもと思ったのです。お二人からすると、簡単なミッションであったかもしれませんが、私にとっては悲願そのものだったのです」

《名無し：なんか二人の東砂くん人形芸も板についてきたな》

《名無し：利害関係の一致ってなんやねん笑》

《名無し：でも二人ってさ、普段、佐正の呼び方、東砂だよね？》

《名無し：それは私も気になってた》

（え……？）

「揺さん、ミカゲさん……改めて本当にありがとう」

（……）

「最後に……最後に街を一目見られて本当によかったです」

「「っ……!?」」

そう言うと、サジオは砂のように消えていく。

（ま、まじか……）

ミカゲは唖然とする。

そして、何か隣でカタカタと震えているものに気付く。

「だだだだダンジョンではななななな何が起きても不思議ではなななななない」

◇

「サジオ？　誰それ？」

土和夫たちは首を傾げる。

「誰か、知ってるか？」

「いんや。街の土和夫はだいたい把握してるつもりだが」

「そうだがな」

「あれ……？　このままじゃダメだなどと言い、岩蜘蛛の先の世界を目指すと洞窟に行ったきり帰ってこなかった刀鍛冶がそんな名前じゃなかったか？」

「あー、確かにそんな気もしてきた。しかし、もう二十年ほども前の話だがなー」

◇

「な、なー、お前ら……いたよな？　サジオは……いたよな？」
《名無し：佐正……？　束砂くん人形のこと？》
《名無し：佐正なら二人がＢＡＮしたじゃん笑》
「違う、それじゃない……！　土和夫のサジオだ。佐正じゃなくて、サ・ジ・オ……！」

《名無し：いないっすね》
《名無し：何それ、こわっ》
《名無し：いや、確かにちょっと不自然な会話があるなーとは思ったけど、束砂くん人形に話しかけてるのかと思ってた》
《名無し：そうそう、構ってあげて優しいなーって》
「ひゃぁ……」
揺は声にならない声を上げている。
(言われてみると、誰もサジオについて、誰それ？　とか言ってなかったな……今思うと、紹介もしなかった俺たちもちょっとあれだけど……)
「揺さん、サジオさんは幽れ……」
「皆まで言うなっ！」
揺は涙目で怒る。
(……)
揺さんにも怖いものがあるのだなぁと不遜にも少し可愛く思えてしまった。

◇

帰途――。

「あ、ここですね」
「っっっ……！」
二人は霊泉にたどり着く。
「ちょ、ちょっとお前、前行け……」
揺はミカゲの背中に貼りつく。
《名無し：おい、お前、そこ代われ》
《名無し：揺から離れろ、このE級超絶刀使いが》
《名無し：はーなれろ》
《名無し：はーなれろ》
《名無し：はーなれろ》
「あほ！　離れるなっ！」
（……どうすりゃいいのよ）
とはいえ、ここを通らないわけにはいかない。
磁石のようになった揺を連れて、霊泉に入る。
「まぁ、スピリット的な何かだったんじゃないですか？」
《名無し：大蜘蛛にやられた無念がこの霊泉によびよせられたのかなー》
《名無し：地縛霊的な》
（おい……やめろ……！）

揺の震えが二割増しする。

「でも……揺さん、サジオはどうしても街を救いたかったんでしょうね……」

「……」

「そう考えると、少し格好いいかもしれないって、自分は思いました」

「……そんなことはわかっている」

揺は少し唇を尖らせて言う。

（……）

「頭ではわかっていても霊的なものは苦手《だめ》なんだよぉ……」

（まぁ、誰にでも苦手なものの一つや二つあるか）

《名無し：なんかあるー》

（え……？）

コメントのおかげで見過ごしそうになっていたモノの存在に気付く。

「これは……」

「……刀だな……」

揺は恐怖心と好奇心が中和し合った結果、なんか普通になる。

（あ……）

〃であれば、私、ついていってもいいでしょうか。ちゃんとお礼はします。言葉だけでなく、モノでも〃

ミカゲはサジオとの会話を思い出す。

「……ありがたく頂戴していきます……サジオさん」

◇

霊泉を通過すると、揺は落ち着きを取り戻し、いつもの揺に戻る。

「もうすぐですかね」

「あぁ……」

「問題は……」

「そうだな……蜥蜴と亀をどうするか……」

そうして、二人は地下二層への入口付近に戻ってくる。

「「っ……!?」」

入口付近に戻った二人は驚く。

すでに亀はかなり移動させられ、簡易的な梯子《はしご》なども設置され始めていた。

更には……。

「あ、ミカ兄……！」

「アサヒ……!?」

《名無し：蒼谷アサヒきたー!!》

《名無し：本当に兄弟なんだねぇ》

蒼谷アサヒ……それだけではない。

「おす、ミカゲ……！」

「つよしさん！　ど、どうして？」

そこにはモンスターカフェの津吉がいた。

国から認可されたテイマー等の特殊職は攻略者同行のもと、特別にダンジョンに入ることができる。

「なんか夕凪《ゆうなぎ》経由で協会から連絡があったけど。蜥蜴をテイムしろってよ」

（夕凪が……？）

夕凪はミカゲや津吉と同じ大学出身の攻略者だ。

【夕凪颯《はやて》（二十四歳・男）A級攻略者　※ここにはいない】

その陽炎蜥蜴は眠っているようだ。

（こいつの処遇については、深海に決めてもらおう……）

と……。

「さすがにこの亀は少し重かった」

「馬鹿力が……」

屈強な男がそんなことを言い、揺が憎まれ口で返答する。

（この人は……アサヒのパーティメンバーであるA級攻略者〝レイ・ステイン〟……この亀を動か

したってのか⁉︎）

【レイ・ステイン（二十八歳・男）　国：米　A級攻略者】

アサヒの他にも〝レイ・ステイン〟、〝ステラ・ミシェーレ〟を始めとする東京プロモートの攻略者が何人も来ていた。

（ん……？）

ステラ・ミシェーレはなんか端の方でもじもじしてた。

【ステラ・ミシェーレ（二十二歳・女）　国：仏　A級攻略者】

「あの……ところで、これは一体……」

ミカゲは揺に尋ねる……と、レイが横から回答する。

「協会からの要請。二層の開通、兼、何かあった時の殴り込みのためだ。というか配信復帰がなければ殴り込み一歩手前だった」

「全く……大袈裟《おおげさ》だな」

揺は少し鼻で笑うように言う。

6．Ｂ級昇級試験

「お、来たな」

社長室に入ると、揺はディスプレイを八枚並べて、映像を眺めていた。

彼女のルーティンである。

今日はすぐに映像の視聴をやめる。

「昨日はお疲れ、ミカゲ。束砂は体調は整ったか？」

「はい、整いましたよ」

「うむ、ならよかった」

そんなやり取りをする。

「土和夫の件だが、やはり妖石や妖鉱石に関する高い技術を擁しているようで、新たな宝物の発見や強化に寄与できるかもしれないと期待されているそうだ」

「おぉ、それはすごそうですね」

「これは非常に幸運だ。第一発見者たる墨田ドスコイズには土和夫関連の取引で得られた利益の一部が還元される権利が与えられるはずだ。うむ、非常に気分が良い」

(……揺さんが上機嫌そうで何よりだ)

「もちろん、君たちにも還元するようにするから楽しみにしておきな」

「っ……！」

（そっか……功績を挙げると、お金、もらえるんだな……これで妙に高い光熱費に困ることもなくなるのか……？）

ミカゲはしみじみとしてしまう。

「ところで、ミカゲ、早速、やらないか？」

揺の切り替えは鋭い。

「え……？」

「ほら、持ってきただろ？　刀……！」

「あ……！」

「早く……！　早く……！　覚醒ガチャ……！」

揺はめちゃくちゃうずうずしている様子だ。

「覚醒ガチャって……まぁ、やりますけども……」

佐正は少し呆《あき》れ気味ではあるが、なんだかんだやってくれる。

「じゃあ、ミカゲさん、刀……お貸しください」

「了解」

ミカゲは佐正に刀を渡す。

「それじゃあ、やっていきます」

佐正は刀に両手をかざす。刀がほんのりと光る。

揺は眉間にしわを寄せ、指先から何やら念を送っている。

（三回目だけど、やっぱりこの瞬間はドキドキするなぁ……）

「完了です、このまま鑑定しちゃいますね」

「頼みます」

「ふむふむ……どうぞ」

佐正からメモが渡され、確認する。

揺もひょこっと横に来て、のぞき見る。

＝＝＝＝＝＝＝＝＝＝＝＝＝＝＝＝＝＝＝＝＝＝＝＝＝＝＝
【刀：透幻《とうげん》】
Lv0
攻撃：AA
防御：B
魔力：A
魔耐：B
敏捷：S
効果：透過度変化
＝＝＝＝＝＝＝＝＝＝＝＝＝＝＝＝＝＝＝＝＝＝＝＝＝＝＝

（初めてSがついた!?　透過度変化……？　刃を透明にできるってことかな？）

「おぉおおおおおおおおお！」

「ひっ……!?」

横の揺が存外、大きい声を出すので、ミカゲは驚く。

「これは大当たりじゃないか！」

揺は満面の笑みだ。

「え？　そうなんですか？」

「そうだよ！　レベル八相当のポテンシャルがある」

「そ、そうですけど……」

(今までの二本も近しい性能であったが……)

「お前は自分が幸運なことに気付いてないな？」

「……？」

「……実は結構、ハズレも多いんですよ」

佐正が補足するように言う。

(そうなのか……二回とも束砂が当然のような雰囲気だったから気付かなかった)

「そうだぞ……！　むしろハズレの方が多いくらいなんだが……」

揺は佐正をじとっと見て、佐正は幾分、気まずそうに目を逸らす。

「それにしても透過度変化かー……効果もなかなか面白そうだな！」

「そうですね。なんか……幽霊みたいですね」

「ひやぁ……！」

揺は青褪《あおざ》める。

その間にミカゲは透幻を鞘に収める。

（また、少し重くなったか……）

重量が出ると、戦闘に悪影響が出てしまう。

刀を無限に納刀できる集鞘であるが、現実的には限界がありそうだ。

「ところで社長、次のアース・ドラゴンの活動はどうするんですか？」

「っ……!?　そ、そうだな……」

揺は我に返る。

「逆にだ、お前たちは何がしたいんだ？」

「え……？　そうですね……ミカゲさん、あります？」

「え……？　そ、そうだな……」

（……特段、考えてはいなかったが…………あっ……！）

ミカゲは考えを巡らせるうちに、ふと原点回帰する。

「一応、攻略者になったらやりたかったことがありまして……」

「ん……？　なんだ、言ってみろ」

「宝物狩り《トレジャーハンティング》です」

「おー、なるほど……！　いいですね！　宝物狩り！」

佐正も乗ってくる。

やはり攻略者の醍醐味の一つと言えば、宝物を探して、そして開封すること。

みんな、それに憧れるのだ。

「ふーん、じゃあ、昇級しないとだな……」

「「え……?」」

「だって、E級じゃ三十層までしか行けないじゃん。三十層じゃ効率が悪い」

（た、確かに……）

「ちょうど、一週間後にB級の昇級試験あるじゃん。二人、受けてこい」

「え……!?　B級……!?」

「そうだ。不服か？　だが、A級はB級にならないと受けられんぞ？　C級以上になれば、A級の私がいればひとまずどの階層にも行くことができるしな」

「な、なるほどです……」

（……いきなりB級か……）

そうして二人は急に飛び級の試験を受けることになったのである。

◇

一週間後——。

上層三十層――。

「いよいよですね……」

佐正が隣にいたミカゲに声を掛ける。

「あぁ……」

ミカゲもそれに反応する。

ミカゲと佐正の二人は、上層三十層の精霊の森キャンプの特別会場に集められていた。

B級昇級試験の会場である。

精霊の森キャンプはミカゲも佐正も比較的、最近訪れた場所であり、記憶に新しい。

墨田ドスコイズのSMOWと共にアイロンゴーレムの討伐に訪れた際にここで一泊していた。

精霊の森キャンプは人間が精霊に許可を得て、設置したキャンプだ。

精霊に守られているためか、なぜかモンスターが出現しない。

また三十層はB級の一つ下の階級であるC級がぎりぎり立ち入りできる階層でもある。

正にB級への昇級試験の会場としてぴったりである。


＝＝＝＝＝＝＝＝＝＝＝＝＝＝＝＝＝＝＝＝

【ユグドラシル立ち入り規定】

攻略者でない者は立ち入り不可
・〜10層　E級
・〜20層　D級

・〜30層　C級
・〜40層　B級
・A級以上はフリー
＝＝

「ミカゲさん、どの人が強いとかわかります？」

「え？　えーと……」

佐正に聞かれ、ミカゲは周囲をキョロキョロする。会場にいるのは、当然、ミカゲや佐正だけではない。Ｂ級への昇格を望む総勢十八名がそこに集まっていた。

なお試験は配信形式で行われる。

攻略者は基本的にエンターテイナーであるのだから、当然と言えば当然だ。

昇級試験は成長株の発掘の場として、結構、人気のコンテンツである。

なお、精霊の森キャンプは基本的に配信ＮＧとなっているが、特別会場のみは配信可能となっている。

《名無し：やっぱり注目されてるのは神崎《かんざき》とかじゃないかー？》

ということで、コメントが先程の佐正の「どの人が強いか」という質問に答えてくれる。

「あぁ！　確かにそうですね！」

ミカゲもコメントに同意する。

「神崎か……」

「……？」
佐正は少し眉をひそめる。
《仁科揺＊：ミカゲー、束砂ー、今日はずっと観てるから頑張れよー》
「「っ!!」」
《名無し：揺来てる！》
《名無し：本物だ》
《名無し：いや、まぁ、一応、なんやかんやこいつらのパーティメンバーだしな》
「揺さん、来てるみたいだね。束砂、来るって聞いてた？」
「いえ……ちょっと緊張感が増しちゃいました」
「だよな……」
揺は視聴することを二人に黙っていたのであった。
揺は審査員を務めることもあるのだが、今回は自チームの攻略者がエントリーしているため、審査員はせずに関係者専用のモニター室に入って観賞していた。
《仁科揺＊：皆の者！　一緒に楽しもうじゃないか》
《名無し：うぉお、揺とずっと観戦とかテンション上がってきた》
《名無し：お？　そろそろ始まるみたいだぞ》
とリスナーが告げた通り、特別会場、中央のパネルが点灯し、アナウンスが流れ始める。
〝これより攻略者B級試験を行います。まずは全体の流れを説明いたします。本日の試験では、一次試験と二次試験がございます。一次試験を突破した方のみ、二次試験に進むことができます。二次試験を突破した方について、昇級試験管理委員会の審査の上、昇級となります。それでは早速、これから一次試験の内容を発表いたします〟

＝＝＝＝＝＝＝＝＝＝＝＝＝＝＝＝＝＝＝＝＝＝＝＝＝

【攻略者B級試験（第一次試験）】

三人一組で、六チームを作ります。

六チーム同時に試験を開始します。

湿地帯フィールドでミノガエル（危険度六十三）を一時間以内に多く討伐した上位四チームが一次試験突破となります。

（参考）危険度：推奨等級

70～：D級以上

80～：C級以上

90～：B級以上

I～：A級以上

＝＝＝＝＝＝＝＝＝＝＝＝＝＝＝＝＝＝＝＝＝＝＝＝＝

《名無し：危険度六十三の大量討伐系か……》

《名無し：アイロンゴーレムが危険度七十九だから、まぁ、倒せなくはないな》

《名無し：レベル三がアンダー二層で対峙《たいじ》してた妖獣とおおむね同じくらいの危険度だな》

〝それでは、これより一次試験のチーム分けを行います。一次試験のチーム分けは昇級試験管理委員会により決定させていただいておりますので、中央のパネルをご確認ください〟

「「……」」

そのように案内され、ミカゲと佐正は中央のパネルを凝視する。

チーム一から順に三名の名前が表示されていく。

「「……」」

チーム五まで発表され、この時点で二人の名前は表示されていなかった。

そして、チーム六……。

＝＝＝＝＝＝＝＝＝＝＝＝＝＝＝＝＝＝＝＝

【チーム六】

柊《ひいらぎ》こがれ（神戸《こうべ》バスターズ・E級）

蒼谷ミカゲ（墨田ドスコイズ・E級）

佐正東砂（墨田ドスコイズ・E級）

＝＝＝＝＝＝＝＝＝＝＝＝＝＝＝＝＝＝＝＝

「ミカゲさん、同じチームですね！」

「あぁ……！」

ミカゲと佐正はまずは同じチームであったことを喜ぶ。比較的、同じ事務所の者は同じチームに集められていた。

そして、もう一つ、気になるのは、もう一人のメンバーだ。
（……E級）
《名無し：おぉー、柊こがれかー》
《名無し：知ってる？》
《名無し：知らぬ》
《名無し：知ってる》
《名無し：知ってる》
《名無し：知らない》
《名無し：知ってる》
《名無し：え、知らん奴おるの？》
〝柊こがれ〟なる人物の知名度は知っている人の方が多いといった具合であった。
《名無し：それにしても……E級軍団笑》
今回、二階級飛び級で挑戦しているE級攻略者は三名……その三名が全員集められた形であった。
〝それでは、各チーム、集合してください〟

「初めまして……」
「初めまして、墨田ドスコイズの蒼谷ミカゲです。よろしくお願いします」

「同じく、佐正東砂です。よろしくお願いします」
「はい……」
二人は柊こがれと挨拶を交わす。
柊こがれは落ち着いた雰囲気の女性であった。
髪は邪魔にならないようにか、後頭部で一本にまとめたゆるめの三つ編みにしている。
体型はスレンダーで、水色系の服装であることも影響してか、なんとなく透明感がある。
宝物なのか長い棒のようなものを持っていた。
《名無し：え、美人やん》
《仁科揺＊：ごくり……》
《名無し：なんてパーティに所属してるんだ？》
《名無し：正式なパーティはまだないっぽいな。今は神戸バスターズの既存パーティでゲスト参加してる感じ》
《名無し：なるほど、さんきゅー》
《名無し：結構、強いっぽいで》
《名無し：まぁ、二階級飛び級で来るくらいだからな》
《名無し：あんまり喋んないからトークはおもんないけど笑》
《名無し：笑》
《名無し：逆に考えろ。喋ったら面白いという可能性もある》

【柊こがれ（二十歳・女）神戸バスターズ所属　E級攻略者】

（名門、神戸バスターズか……夕凪が所属してるところだよな……）

神戸バスターズはミカゲと同じ大学出身のA級攻略者である夕凪颯が所属している事務所であり、いくつかある名門チームとして数えられている。と……。

「あ、君が束砂くんか……！」

「「……!?」」

柊……ではなく、別人から話しかけられる。男の声であったので、間違いない。

二人はそちらの方を見る。

そこにいたのはがっちりした筋肉質な体型の男性であった。

さわやかな短髪で、にこやかに微笑んでいる。

《名無し：げっ！　出たな、神崎……！》

リスナーが反応した通り、その男が神崎であった。

【神崎貴司《たかし》（二十三歳・男）横浜《よこはま》スキラーズ所属　C級攻略者】

横浜スキラーズ……これまた名門チームである。

《名無し：おい、出てくるな！　こっちはこがれちゃんが気になっているんだ》

《名無し：あれ？　束砂くんって神崎さんの知り合いなの？》

「あ、えーと……初めまして……」

佐正は少々、たどたどしく挨拶をする。どうやら初対面であるようだ。

「あ、こちらこそ初めまして！　急に失礼しました」
「いえ……」
「いやね、鈴雪さんにはお世話になってましてね……」
「っ……」
《名無し：鈴雪？》
《名無し：鈴雪って覚醒師の鈴雪未束のことかな？》
《名無し：そうでしょ！　確か鈴雪さんは横浜スキラーズにも覚醒宝物を卸してるはず》
「鈴雪……さんが何か言ってましたか？」
佐正が神崎に尋ねる。
「え？　うーん、まぁ……もしも束砂くんと当たるようなことがあれば〝わからせてやれ〟……と」
……」
「!?」
「うむ、まぁ、別に束砂くんじゃなくても全力を尽くすまでだから、特に違いはないのだけどね
……！」
「……そうですか」
《名無し：むむ？　佐正は鈴雪とも因縁あり？》
《名無し：まぁ、確かに覚醒師という共通点はあるけど……》
「……まぁ、多少あるのは事実ですね」

佐正はやや浮かない表情でコメントに答える。

《仁科揺＊：束砂ー、ネームバリューに負けるんじゃないぞぉ！》

「……はい！」

「……？　それじゃあ、束砂くん、引き留めちゃってすまないね。共に頑張ろう！」

そうして神崎との会話は終わる。

◇

「随分と感情的に応援しているのですね」

「ん……？」

関係者専用のモニター室にて――。

揺は後ろから声を掛けられる。

「おー、これはこれは噂《うわさ》をすれば、鈴雪さんじゃないですかー」

揺が振り返ると、そこにはやや長身の女性がいた。女性は揺同様に長めの白衣を身にまとっている。綺麗《きれい》な黒髪は肩まで伸び、整った顔立ちであるが、表情は硬い。

【鈴雪未東（二十九歳・女）上級覚醒師】

「まだ私のこと恨んでるんですか？」

揺は鈴雪にそんなことを聞く。

「それはそうね」

「随分とはっきりと……」

「当然じゃない……あの子の才能を無駄にしたのだから……」

あの子……それは佐正東砂のことであった。

鈴雪未東は佐正東砂の〝実姉〟である。

◇

湿地帯フィールド入口付近――。

〝それでは攻略者B級試験（第一次試験）、開始してください〟

湿地帯フィールドに到着すると、割とするっと試験が開始される。

一次試験の内容は、六チーム同時に試験を開始し、ミノガエル（危険度六十三）を一時間以内に多く討伐した上位四チームが二次試験へと進めるというものだ。

試験が開始されると、早速、全チームがそれぞれ散り散りになっていく。

「ミカゲさん、柊さん、我々も……行きましょう！」

「おう」

ミカゲたちのチーム六も早速、湿地帯フィールドに足を踏み入れる。

湿地帯フィールドは沼があり、やや足元がぬかるんでいる。

（……さて……ミノガエルは……）

まずはミノガエルを見つけなくてはと、辺りを見わたす。と……。

「っ……！」

ヴォーン、ヴォーン……。

すぐに独特な鳴き声と共に、体高一．五メートルほどもある巨大なカエルが沼の中からぬるりと現れ、ミカゲたちに襲い掛かってくる。

《名無し：出たぁああ！　ミノガエルだぁああ！》

「自分がやります……！」

ミカゲがすぐにその一体を一閃する。

ヴォーン……！

ミノガエルは鳴き声と共に消滅する。

《名無し：おぉお！　さすが！》

《名無し：レベル三はアンダー二層でもこのくらいの危険度の奴とは割とやり合ってたからな》

「ナイスです、ミカゲさん！」

しかし……。

ヴォーン、ヴォーン……ヴォーン、ヴォーン……。

「「っ……！」」

《名無し：ぎゃぁああああ！　また出たぁああああ！》

《名無し：今度は二匹だ》
《名無し：私、ちょっとカエル苦手なんだよなぁ》
《名無し：だったらやめといた方がいいぞ。ミノガエルはどんどん湧いてくるから》
ミノガエルは三十層湿地帯フィールドで大発生しているモンスターであった。
海外ダンジョンから持ち込まれてしまい、日本ダンジョンで大繁殖してしまった外来モンスター。
実のところ、ミノガエルの討伐試験は、増殖しがちな外来種モンスターの駆除も兼ねていた。
ヴォーン、ヴォーン……。
ミノガエルは唸り声を上げながら、三人に迫ってくる。
「っ……どうします……？　ミカゲさん……」
佐正はやや焦るように後退《あとずさ》りする。だが……。
迫ってきていた二体のミノガエルのうち一体の頭と胴体が分かれていた。
「っ……！」
そこには、持っていた棒を一振りした柊こがれの姿があった。
《名無し：え、何が起きたの？》
《名無し：棒の先から何か出てるな……氷か？》
《名無し：鎌……!?》
リスナーがコメントするように柊の持つ棒の先からは横方向に氷の刃が形成されていた。
《名無し：宝物：氷の大鎌《アイス・デスサイズ》》

《名無し：なかなかおっかねえ宝物をお使いで……》

もう一体はミカゲが仕留める。

「ありがとうございます……すごいですね……！」

佐正はミノガエルを一体仕留めた柊に声を掛ける。

「そうですか……？　ありがとうございます……」

しかし、柊は割と低めのテンションで応える。

「次……来ますよ……」

「あ……はい……！」

柊の言う通り、ミノガエルは次々に出現する。

三人はそれを迎え撃つ。

第一次試験開始から五十五分ほどが経過し、残りは五分ほどとなっていた。
その間、ミノガエルは断続的に出現していた。
リスナーが数えていてくれており、現在、四十八体のミノガエルを討伐したようだ。
《名無し：柊こがれ、初めて観たけど、すげえな》
《名無し：あんまり喋らないけど、黙々とカエルを惨殺《ざんさつ》していく……》
《名無し：鎌使ってるから死神みたいだな》

《名無し：さすが、飛び級受験するだけはあるわ》

《名無し：レベル三は……うん……やっぱすごいよ。並の攻略者よりは上やと思う》

《名無し：佐正、もっと頑張れー》

「っ……」

ふいに、佐正宛てにそんなコメントが流れる。

ここまで四十八体のうち四十二体はミカゲと柊が討伐していた。

「……」

実際のところ、佐正は多少の劣等感を感じていた。

なんでこの二人は危険度六十三相手に涼しい顔してんの……。

それが本音であった。

「ミカゲさん、柊さん……俺のせいで負けたらごめん」

「え……？　いやいや、束砂とおにぎりは攻撃特化じゃないから、そこは仕方ない気がする」

佐正の発言にミカゲはそのように答える。

「すみません……」

正論ではあったのかもしれないが、佐正の心が晴れやかになるものではなかった。

「柊さんもすみません……」

「……別に気にしてないです。B級試験はチームを組むことが多いっていうからそういうことが起きることはある程度、予期してました」

「……！」
《名無し：うわっ、結構言うなぁ》
《名無し：何この女、感じ悪いな》
《名無し：いや、でも遊びじゃないわけだしな》
「というか、私、別に勝たなくてもいいんです。再試験受ければいいだけですし……なんなら別にずっとE級でもいいんです」
「……」
《名無し：どういうことよ……》
《名無し：モチベーション低いな》
《名無し：こがれちゃんは天才型だからちょっとドライなのよ》
《名無し：まぁ、実力主義の世界だしね……》
そんなやり取りがありつつも、時間は経過していった。
〝第一次試験終了です。以降の討伐はカウントされません。特別会場までお戻りください〟
第一次試験終了のアナウンスが流れる。

◇

特別会場に戻ると、各自、それぞれ個室の控え室に戻るように告げられる。

ミカゲや佐正もそれに従う。

そして、端末への通知により、第一次試験の通過発表が行われる。


＝＝＝＝＝＝＝＝＝＝＝＝＝＝＝＝＝＝＝＝＝＝

【攻略者B級試験（第一次試験）通過チーム】
チーム一　最多討伐：横浜スキラーズ・C級：神崎貴司
チーム三　最多討伐：仙台《せんだい》ミノタンズ・C級：田中覚《たなかさとる》
チーム四　最多討伐：川崎《かわさき》シーカーズ・C級：ミラ
チーム六　最多討伐：墨田ドスコイズ・E級：蒼谷ミカゲ

＝＝＝＝＝＝＝＝＝＝＝＝＝＝＝＝＝＝＝＝＝＝

結果は通過。

チーム六は無事に通過していた。

「……」

それを確認した佐正はほっと胸を撫でおろす。

チームと共に最多討伐者の名前も公表されていた。チーム六ではミカゲであった。

「さすがだな……ミカゲさん……」

更に二次試験に関する情報の通知が来る。


＝＝＝＝＝＝＝＝＝＝＝＝＝＝＝＝＝＝＝＝＝＝

【攻略者B級試験（第二次試験）のチーム分けについて】

第二次試験におけるチーム分けはドラフト会議形式で行います。
第一次試験における最多討伐者がチームメイトを指名していく方式となります。
この後、三十分後に特別会場に再び集まり、ドラフト会議を行います。
第一次試験における最多討伐者の四名は指名するメンバーを検討ください。
＝＝＝＝＝＝＝＝＝＝＝＝＝＝＝＝＝＝＝＝
「……」
佐正はしばらくディスプレイを眺めていた。

◇

三十分後、特別会場――。

〃これより第二次試験のチーム分けを決定するドラフト会議を行います。指名者は前へ……〃

ミカゲ、神崎を含む四名が前に出る。

〃それでは第一巡です。各人は指名したい参加者を一名選択してください〃

ミカゲはディスプレイをいじっている。

「……」

佐正は息を呑む。

〃出揃いました。それでは、第一巡で指名された参加者をパネルに表示します〃

＝＝＝＝＝＝＝＝＝＝＝＝＝＝＝＝＝＝＝＝＝＝＝＝

【攻略者B級試験（第二次試験）チーム分けドラフト会議　第一巡】

横浜スキラーズ・C級：神崎貴司　↓　横浜スキラーズ・C級：ポール・ベン
仙台ミノタンズ・C級：田中覚　↓　横浜スキラーズ・C級：ポール・ベン
川崎シーカーズ・C級：ミラ　↓　川崎シーカーズ・C級：三好芳香《みよしよしか》
墨田ドスコイズ・E級：蒼谷ミカゲ　↓　墨田ドスコイズ・E級：佐正東砂

＝＝＝＝＝＝＝＝＝＝＝＝＝＝＝＝＝＝＝＝＝＝＝＝

「……！」

〝横浜スキラーズ：ポール・ベンさんが重複いたしましたので、抽選を実施します。三好芳香さん、佐正東砂さんは決定いたしました〟

「ミカゲさん……！　ありがとうございます……！」

「え……？　あ、うん」

「あの……つかぬことを聞きますが、ミカゲさん……迷ったりは……」

「いや、全く」

「……！」

ミカゲはあっけらかんとしたものであった。

その後、ポール・ベンさんのくじを神崎が引き当て、仙台ミノタンズの田中は別の人物を指名する。
〃続きまして、第二巡です。各人は指名したい参加者を一名選択してください〃
《名無し：まぁ、一巡目は東砂として、二巡目はどうするんだ？》
《名無し：残ってるメンツだと那須《なす》ダックスの久方田《ひさかただ》ジョーとかかな》
＝＝＝＝＝＝＝＝＝＝＝＝＝＝＝＝＝＝＝＝＝＝＝＝＝＝＝＝＝＝＝＝＝＝
【攻略者B級試験（第二次試験）チーム分けドラフト会議　第二巡】

横浜スキラーズ・C級：神崎貴司　→　那須ダックス・C級：久方田ジョー
仙台ミノタンズ・C級：田中覚　→　那須ダックス・C級：久方田ジョー
川崎シーカーズ・C級：ミラ　→　那須ダックス・C級：久方田ジョー
墨田ドスコイズ・E級：蒼谷ミカゲ　→　神戸バスターズ・E級：柊こがれ
＝＝＝＝＝＝＝＝＝＝＝＝＝＝＝＝＝＝＝＝＝＝＝＝＝＝＝＝＝＝＝＝＝＝
〃那須ダックス：久方田ジョーさんが重複いたしましたので、抽選を実施します。柊こがれさんは決定いたしました〃
《名無し：レベル三よ……いいのか？　それで？》
《名無し：ちゃんと考えてるか？　情に引っ張られてないか？》
「……」
柊こがれが無表情でやってくる。

「一次試験に続き、よろしくお願いします」

「……はい」

ミカゲが挨拶すると、柊は返事をする。

「正直、まさか指名されるとは思いませんでした。蒼谷さん……私しか知らなかったとか？」

「え……？　いや、そんなことは……」

ミカゲはなぜか少し照れくさそうにする。

「……」

柊はそんなミカゲをじとっと見る。

「柊さんこそ、ミカゲさんのことあまり知らないですね？」

「っ……！」

佐正の突っ込みに柊は眉をぴくっと動かす。

「この人、めちゃくちゃ事前準備するタイプの人ですよ」

「……？」

「要するに、昇級試験が共闘や実際に戦うこともあることはわかっているんだから、きっと参加者の動画は全部チェックしてますよ。その中で貴方を選んだってことですよ」

「……！　……そうなのですね……失礼しました」

柊は少しだけ困惑した様子で謝罪するのであった。

〝それでは二次試験の内容を発表いたします。〟

＝＝＝＝＝＝＝＝＝＝＝＝＝＝＝＝＝＝＝＝＝＝

【攻略者B級試験（第二次試験）】

砂漠フィールドでチーム対抗にて、アメリカサンドワームの討伐を行っていただきます。
制限時間は一時間、直径百メートルの定められた区画内から出ることはできません。

アメリカサンドワームの大きさにより討伐時のポイントが異なります。
大　１００Ｐ（危険度七十一）
中　５０Ｐ（危険度六十三）
小　３０Ｐ（危険度五十四）

多くのポイントを獲得した勝者チームのメンバーがB級昇格の審議対象となります。

※注意事項
プレイヤーへの過度な攻撃は禁止です。
対戦カードは後述の通りです。

チーム神崎　VS　チーム蒼谷
チーム田中　VS　チームミラ

＝＝＝＝＝＝＝＝＝＝＝＝＝＝＝＝＝＝＝＝＝＝＝＝

《名無し：今回は二チーム、六名が昇級審議対象か……》
《名無し：こ、これは……》
《名無し：あちゃー》
「あー、束砂くんのところか」
「……！」
対戦カードが発表されると、早速、声を掛けられる。
《名無し：噂をすれば……》
神崎である。

【神崎貴司（二十三歳・男）横浜スキラーズ所属　C級攻略者】
神崎は一巡、二巡ともに重複したが、普段の行いがよっぽど良いのか両方とも指名通りとなった。

＝＝＝＝＝＝＝＝＝＝＝＝＝＝＝＝＝＝＝＝＝＝＝＝

【チーム神崎】
横浜スキラーズ・C級：神崎貴司
横浜スキラーズ・C級：ポール・ベン
那須ダックス・C級：久方田ジョー

＝＝＝＝＝＝＝＝＝＝＝＝＝＝＝＝＝＝＝＝＝

「おいおい、神崎……お前、よほどくじ運がいいな」

神崎の横にいたポール・ベンがそんなことを言う。

《名無し：お、舐めてる舐めてる》

《名無し：まぁ、パッと見で見ると、全員E級だからな》

「ポール……下に見てると、足元すくわれるぞ」

そんなポールを神崎は窘《たしな》める。

「おっと……失敬……あくまでもデータの話さ……」

《名無し：確かに昇級試験の飛び級の合格率は結構低い……》

《名無し：飛び級は若い受験者が多いから、出力が上でもなんやかんや、実務積んでる奴に競り負けるんだよなー》

「まぁ、試験ではお互い、悔いのないよう正々堂々、頑張ろうじゃないか」

「……はい」

〝それでは対戦カード①のチーム神崎、チーム蒼谷のメンバーは会場へ移動してください〟

ちょうど案内が流れる。

砂漠フィールド指定区画内付近――。

〝それでは攻略者B級試験（第二次試験）対戦カード①、開始してください〟

アナウンスと共に試験が開始される。

開始前からすでにアメリカサンドワームは砂から顔を出していた。

姿はミミズに似ているが、頭部には巨大な鋭い歯がびっしりと並んでいる。

サイズは平均で五～六メートルはあり、なかなかに凶悪な姿をしている。

「せぁあああ!!」

開始早々、神崎がアメリカサンドワームを一体、仕留める。

一次試験と大きく異なる点……。

それは区画が決められており、そこから出ることができないことだ。

区画は直径百メートルの円で、狭くはないが広くもない。

つまるところ対戦相手のチームと比較的、隣接した状態で戦闘をする必要があるのだ。

そして、忘れてはならないのは注意事項である。

ルール内には〝プレイヤーへの過度な攻撃は禁止です〟との記載があった。

これはつまりプレイヤーへの過度でない攻撃……要するに妨害は容認されることを意味する。

過去の例でいうと、相手に上位の治癒魔法が必要なレベルの攻撃を加えると失格になっていた。

つまるところそれなりの攻撃が許容されているのだ。

神崎はがっちりした筋肉質な体型の割に非常に俊敏に動いていた。

手に持つは短剣……風のエフェクトが発生しているように見える。

《名無し：神崎のあれは隼剣《じゅんけん》……宝物レベルは八だな》
《名無し：隼剣？　あれって風の効果あったっけ？》
《名無し：横浜スキラーズお得意の覚醒武器じゃないか？》
《名無し：あー、なるほど、鈴雪未束ね》
　コメントの通りであった。
　神崎の持つ隼剣は鈴雪未束の宝物覚醒により風の属性を得ていた。
《名無し：覚醒武器ならこっちも使ってるけどな》
《名無し：覚醒武器対決やん》
　ギュオオオオオオ！
「っ……！」
　そうこうしているうちに、アメリカサンドワームがミカゲたちにも襲ってくる。
「重熾……！」
《名無し：見たか！　うちのレベル三もやるぞ！》
《名無し：おぉー、一刀両断ですか》
　ミカゲは切断直前に重熾の重量を上げるやり方で対応する。
　その後、しばらくは両チーム、次々に出現するアメリカサンドワームを処理していく。
　十分ほど、経過した頃……アナウンスが流れる。
〝十分経過しました。現在のポイントはチーム神崎520P、チーム蒼谷490Pです〟

《名無し：おぉー、ほぼ互角かー》

《名無し：頑張れE級ズ！》

《名無し：しかし……いや、なんでもない……》

「……」

一部のリスナーが気にしていたこと。それは佐正の表情が芳しくないことだった。

一次試験と同様にミカゲと柊がより多くのアメリカサンドワームを倒していた。

「せぁあああ！」

「っ……！」

すぐ近くで神崎がアメリカサンドワームを一刀両断している。

「……！」

「お……束砂くんか……」

「君のその猫……可愛いけれど……出力が少し足りないのでは？」

試験中であったが、神崎が佐正に話しかけてくる。

「っ……！」

「シャァアアア！」

おにぎりは神崎に威嚇する。

「お……？　失礼だったかな……いや、しかし……鈴雪さんが言っていたよ……覚醒師は攻略者に尽くす方が、その才能を最大限発揮できる……とね」

「っ……」
「並かそれ以下の攻略者になるくらいなら、一流の攻略者を支援した方がいいんじゃないかね……」
《名無し：敵の精神攻撃か……！》
《名無し：気にするな、佐正！》
神崎に悪意はなかった。鈴雪から〝わからせ命令〟を受けた時に佐正は才能がある覚醒師であると告げられていたのだ。
佐正がやっていることは合理的ではないということも一つの意見、考え方として存在するのも事実である。

◇

関係者専用のモニター室――。

「ダメね……束砂は……」

「……？」

「神崎の言う通り、攻略者としては並かそれ以下、良くてC級じゃない？」

鈴雪が揺にそんなことを言う。

「……」

「マッド・スコッパーでしたっけ？　確かに風変わりな人材を集めていると思うわ。だけど、結局のところ事務所で一番強いのは……単なる天才の仁科揺《あなた》じゃない？　言ってしまえばただのイロモノ扱いの曲芸集団……」

「……」

「やりたいこととできることとは別なの……あなたの道楽で束砂の才能を奪わないで……！」

「っ……」

「何を言うかと思えばそんなことですか？」

「道楽……？　そうかもしれませんね……！　実際、超楽しい」

「っ……！」

「観とけよ……うちの二人は必ず合格する」

◇

《仁科揺＊：って言っちゃったんだー。頼む、二人、合格してくれー》
《名無し：ちょ、ゆらめ笑》
《名無し：頼んでて草、確信があったんじゃないのかよ》
「了解です、社長」
ミカゲはそんなことを言う。と、その時であった。

グギャァアアアア！

「「っ……⁉」」

けたたましい咆哮にプレイヤーたちはそちらの方向を向く。

そこには鉄の塊を手に持つ巨大な直立歩行のトカゲがいた。

《名無し：なんだあいつ？》

《名無し：ちょ……あれはジャイアントリザードマンじゃねえか！》

《名無し：え⁉　危険度八十九の強敵じゃねえか》

《名無し：この場合、どうなるんだ？》

《仁科揺＊：どうもならないよ、アクシデントも試験の一環だ。さすがにやばくなったら委員会が助けに入るとは思うが……》

《名無し：えー⁉　あいつを倒したらどうなるの？》

《仁科揺＊：なんの得にもならない》

《名無し：まじか……》

【モンスター　ジャイアントリザードマン　危険度八十九】

「っ……またトカゲかよ……」

ミカゲは思わず呟く。

（ん……？　これは……戦闘領域……⁉）

〝戦闘領域〟。

それは高危険度のモンスターが展開することがある不可思議な領域である。その領域は入ることはできるが、領域を発生させているモンスターを倒すまでは出ることはできない。
(領域内にいるのは……)
戦闘領域内にいたのはミカゲ、佐正、そして神崎であった。
(……やばいな)
《名無し：おいおいおい、圧倒的不運じゃねえか》
《名無し：こっちのチームは二人奪われて、あっちは一人だけ》
《名無し：どうすんのこれ……》
《名無し：あっちのチームは二人をワームに割けて、こっちは柊こがれ一人だけ……》
《仁科揺＊：こんなのありかー!!》
コメントの通りであった。
「柊さん……ごめん……！　なるべく早く行く！」
「……」
ミカゲが叫び、柊は一応、頷いた。
「束砂、急いでこいつを狩るぞ！」
「はい……！」
束砂と意思確認を行うと、ミカゲはすぐにジャイアントリザードマンの足元に飛び込む。
ガキンっという金属がぶつかり合う音が響く。

「っ……!?」
それはミカゲの刀と〝神崎の〟剣とぶつかり合う音であった。
《名無し：な、何してんだこいつ》
《名無し：まさか妨害を!?》
「神崎さん……そういうことですね」
「あぁ……」
《名無し：なんて卑怯《ひきょう》な……》
《名無し：フェアプレイ精神はないのか!?》
《名無し：最低だな》
コメントは荒れる。
しかし……。
《名無し：いや、だが……ここで妨害することはチームとして勝つための最善手とも言える》
《名無し：勝利への執念……狡猾《マリーシア》さ……か……》
《名無し：妨害が容認されている以上、ここで妨害しないことがフェアプレイ……？　舐めプの間違いだろ？》
「おにぎり……！」
今度は佐正がジャイアントリザードマンにおにぎりによる攻撃を仕掛ける。
「っ……！」

しかし、神崎から離れた場所に発生した風の壁がおにぎりの侵攻を阻害する。
《名無し：あいつ、剣士のくせにこんな器用なこともできるのか……？》
《名無し：覚醒武器……恐るべし……》
グギャァアアアア！
「「っ……！」」
そして、忘れてはならない。
ジャイアントリザードマンも黙って見ているわけではない。
ジャイアントリザードマンはその手に持つ鉄の塊をミカゲと神崎の方へ振り下ろす。
「っと……危ない危ない……」
（……）
神崎はジャイアントリザードマンに背を向けた状態であったが、それをしっかりと回避する。
《名無し：……》
《名無し：自分を攻撃してくる奴を守る》
《名無し：これって結構、難度高いよな》
《名無し：……》
《名無し：いやいや、これはやっぱり卑怯だろ……！》
《名無し：そうだ！　たかだか昇級試験だろうが》

◇

「たかだか昇級試験……などと言っている奴は、本当に必要な場面でも必ず日和《ひよ》る」

「そうですね……、同意見」

鈴雪の言葉に揺も同調せざるを得ない。

「勝つためにこれができる……だから神崎は高い評価を得ているのよ……」

「そうですね……ですが、鈴雪さん……」

「……？」

「うちの奴らはそれを上回る」

◇

《仁科揺＊：って言っちゃったんだー。頼む、二人、なんとかしてくれー》

（ゆ、揺さん……）

「了解です……束砂ぁあ！　作戦Aだ！」

「……!?　わ、わかりました……」

佐正は息を呑む。

「……作戦A？　この短時間に作戦を立てたというのか……」

そんなわけなかった。予《あらかじ》め、単純な作戦はいくつかのパターンとして用意していた。

作戦A……それは〝現状維持〟。

（要するに現状のまま俺が神崎を止める。束砂がリザードマンをやる。ただそれだけ）

「行くぞ……おにぎり……！」

「にゃぁ！」

ジャイアントリザードマンは危険度八十九……。

ミカゲさんが倒したギガントアイロンゴーレムは危険度九十六だった。

それに比べれば、戦えないほどの危険度じゃない……。

「……」

ジャイアントリザードマンを前に佐正は覚悟を決める。

「水切！」

その掛け声と共に、おにぎりがジャイアントリザードマンに猛然と突進する。

そして、形状を薄く変形させ、左の足元に襲い掛かる。

それにより、ジャイアントリザードマンの左脚に傷がつく。

が、ジャイアントリザードマンはすぐに反撃に転じる。

鉄の塊を佐正に向けて、叩き付ける。

「っ……！　水壁！」

佐正は、頭上におにぎりによる水の壁を展開する。

「っ……重い……」

水壁のガードにより、なんとか耐える。

だが、すぐにジャイアントリザードマンからの追加の一撃が放たれ、佐正はそれも水壁で防ごうとする。

「っ……やば……」

今度は水壁が弾け飛ぶ。

《名無し：うわぁあ！》

《名無し：佐正ぉおお！》

「……」

しかし、佐正は無事であった。水の粘性により、落下速度が遅くなっていたため、逃げることができたのだ。

「にゃぁあ」

「大丈夫だ……ありがとう、おにぎり」

おにぎりは幾分、申し訳なさそうにする。

「奴の脚のダメージは……大きくはなさそうだな……」

ジャイアントリザードマンが先程、佐正が負わせた脚の傷を気にしている様子はない。

「色々、試すしかなさそうだ……おにぎり……酸化液《アシッドリキッド》！」
それからしばらく佐正とジャイアントリザードマンの戦いは続いた。
両者、拮抗《きっこう》していた。しかし、早く倒すという目的からすると、佐正に焦りがあった。
《名無し：佐正、頑張ってるけど……》
《名無し：やっぱり火力というか、決定力が……》
「っ……」
火力が足りない。それは佐正自身もわかっていた。
《名無し：このままじゃジリ貧……》
《名無し：ギガントアイロン仕留めたレベル三ってやっぱすごかったんだなぁ》
「……」
仲間への称賛も今はグサリと心に刺さる。
《名無し：うーん、なんというか水属性を生かしきれていない気もする……》
「っ……！」
コメントの素朴な指摘に、佐正はハッとする。

◇

佐正はふとミカゲとの地獄のトレーニングの時の会話を思い出す。

「なんやかんや水属性ってむごいよね……」

素振りをしながら、ミカゲがそんなことを言う。

「へ……？　はぁ……はぁ……どういう……ことです？」

「だって、俺ら、溺れたら下手したら二～三分で死ぬじゃん……本当、水難事故って怖いよね」

「まぁ、確かに……」

◇

「っ……！　おにぎり……！　あれだ……！」

「にゃっ⁉」

《名無し：お？　なんだなんだ？》

「ミカゲさんの和温を覚醒させた時に覚えた新スキル……！」

「にゃっ！」

しかし、そのスキルは佐正とおにぎりが離れすぎていると発動ができなかった。

「おにぎり！　行くぞ！」

「にゃっ！」

おにぎりは佐正の足元に潜り込み、そして……噴水のように噴射する。

その勢いで佐正は宙を舞う。

グルゥウウ！

佐正はジャイアントリザードマンの頭付近に浮上し、奴と目が合う。

そして、ジャイアントリザードマンは佐正を叩き落とすべく鉄の塊を横方向に薙ぎ払う。

「うぉっと」

水平方向の水鉄砲で鉄の塊を回避し、更に、ジャイアントリザードマンの頭に近づく。

「おにぎりスキル……！　包み水《ウォーター・カバー》！」

グルゥ!?

一瞬、ジャイアントリザードマンは何が起きているか理解できていなかった。

痛くも痒《かゆ》くもない。ただ、少し冷たい。自身の頭部が水に包まれていたのだ。

ジャイアントリザードマンはまず手でそれを払いのけようとする。

しかし掴《つか》みどころのない水は手を包み込むばかりだ。

ならばとジャイアントリザードマンは頭を大きく振る。

しかし、粘性のある水から逃れることができない。

ジャイアントリザードマンはここで、ようやく生命の危機を感じ始める。

術者である佐正への攻撃を図ろうとする。

だが、水の揺らめきで前方がよく見えないのだ。

結局、ジャイアントリザードマンは大暴れする他ない。

それが呼吸の限界を早めることにしかならないとしてもだ。

……。

ジャイアントリザードマンは消滅する。

《名無し：うぉおおお！　佐正やったぞぉおお》

《名無し：やり口がえっぐ》

「はぁ……はぁ……やりましたよ……ミカゲさん……」

佐正は膝に手をつき、肩で息をする。

だが、ずっとそうしているわけにもいかない。

仲間たちはこうしている今も戦っている。

佐正はジャイアントリザードマンに集中しており、周囲の状況に気を配る余裕はなかった。

ミカゲさんは……。

「っ……」

と考えた時、佐正は一つのことに気が付く。

って、あれ……？　そういえば、ジャイアントリザードマンと戦っている時、一度も邪魔されなかった……。

そして周囲をキョロキョロする。

「っ……!!」

佐正は思わず目を見開く。

自分からかなり離れた位置だ。そこに、片膝をつく神崎の姿があったのだ。

そしてその前に君臨する男が背中越しに言ってくれる。

「グッジョブ！　束砂!!」

◇

佐正がジャイアントリザードマンと戦っていた時――。

神崎貴司は〝危険度九十六の壁〟を感じていた。

自身が弱いはずはないと思う。

特性レベルは八で攻略者としては平均的ながら、覚醒武器を扱える器用さも持ち合わせている。

C級まではトントン拍子で駆け上がってきた。

しかしだ、危険度九十六のギガントアイロンゴーレムに単独で打ち勝てるかと聞かれれば、そのような自分の姿を想像することができなかった。

自身の攻撃がことごとく防がれる。

《名無し：なんで攻めてる側の神崎さんが体勢を崩してるの……》

《名無し：わからん……》

《名無し：あぁ……頑張って……神崎さん……》

神崎は剣を弾かれ、まるで自分自身が人形のように支配されている感覚に陥る。

《名無し：うぉおおお！　レベル三！　レベル三！》

《名無し：神崎相手にほぼ一方的展開とは》
《仁科揺＊：タイマンでミカゲとやり合えるC級はそうそういないだろ》
《名無し：俺には見えるぞ、揺のどや顔が……！》

◇

関係者専用のモニター室にて――。

「……」

「……」

揺は特に何も言わないが、明らかに口元が緩んでいる。

鈴雪にはその顔が「ほらな？」と喋っているように見えた。

「た、確かに彼らは私の予想を上回っていた……」

「……？」

思わず自分から話しかけてしまった鈴雪に揺は横目で視線を送る。

「だ、だけど……負けは負け……残り時間はたった十分だ……ある意味、神崎は自身の責務を果たしたと言える」

「……？　鈴雪さん……弟くんがあまりに心配で、全体の状況は観れていないんじゃないですか？」

「っ……!?」

◇

〝五十分経過しました。現在のポイントはチーム神崎２６００Ｐ、チーム蒼谷２３３０Ｐです〟

「「っ……！」」

自身のことに集中して、現在の外部の状況を把握できていなかったのはミカゲと佐正の二人も鈴雪と同じであった。

「ミカゲさん……！」

「あぁ……」

(そんなにポイントが離されてない……！　柊さん……たった一人で……)

柊がたった一人、チーム神崎の残りの二人に追いすがっていたのだ。

それは一次試験の「勝たなくてもいい」といった主旨の発言からは少し想像できない事態であった。

「ミカゲさん、合流しましょう！　二人で協力すればまだ間に合います！」

「おぉ……！」

ミカゲと佐正の二人は急いで、柊の元へ合流する。そこにはアメリカサンドワームの返り血でドロドロになった恐ろしい形相の柊がいた。

「柊さん……！　ありがとう……！」

ミカゲは声を掛ける。

と……。

「…………私のせいで負けたって言われたくないだけ……」

「……」

「そんなことより、まだ負けてるんだから……」

「わかった……！」

〃六十分経過しました。試験終了です。現在のポイントはチーム神崎２８００Ｐ、チーム蒼谷３３３０Ｐです〃
〃対戦カード①はチーム蒼谷の勝利です〃

◇

関係者専用のモニター室にて――。

「……」

「……」

揺は特に何も言わないが、明らかに口元が緩んでいる。さっきよりも更に。

「そこそこやることはわかった……」

「……？」

思わず自分から話しかけてしまった鈴雪に揺は横目で視線を送る（二回目）。

「だけど、私はやはり覚醒師はサポートに徹するべきと思っている。これからの束砂の動向を注視していくことにするわ」

「あぁ……期待しといてください」

「……」

鈴雪はモニター室から退出する。

◇

《名無し：しゃぁあああああああ!!》
《名無し：二次試験突破やぁあああ!!》
《名無し：B級！　B級！》
《名無し：まぁ、この後、委員会による審議があるけどな》

「対戦ありがとうございました……」

対戦終了後、神崎らが握手を求めてくる。

「こちらこそ……！」

ミカゲはそれに応える。

「完敗です。精進します」

「いえ、またやりましょう……！」

神崎らとの挨拶を終えると、共に戦ったミカゲ、佐正、柊の三人となる。

「あの……ありがとうございました……」

「……！」

意外にも最初に声を上げたのは柊であった。

「いえ！　こちらこそ！　本当、柊さんがいなかったら絶対、勝ててなかったです！　なぁ、東砂！」

「本当にそうです！　マジでありがとうございました！」

「……っ」

男二人に無茶苦茶感謝されて、柊は少したじたじとなっている。

「あの……一つだけ聞いてもいいですか？」

そんな柊はミカゲに尋ねる。

「……？　はい……」

「……どうして私を選んでくれたんですか？」

「え……？　えーと……」

ミカゲはなぜか少し照れくさそうにする。

「まぁ、東砂が言った通りで……参加者全員の映像は確認させてもらったんだけど、その中で、一番、〝タイマンした時に苦戦しそうだな〟って思ったので……」

「……!?　そ、そうなんですね……」

柊は少し何かを考えるように黙り込む。が……。

「……光栄です」

最後にぼそりとそんなことを言う。

「柊さん！　また機会があればよろしくお願いします。今度は敵かもしれませんね！」

「……そうですね、よろしくお願いします」

こうして、ミカゲと佐正のB級昇級試験は終了する。

7. エピローグ

一週間後――。

「ミカゲ、束砂……それでは昇級試験の結果を伝える……」

「「……」」

ミカゲと佐正は緊張した面持ちで揺が口を開くのを待つ。

「おめでとう……！　ミカゲ、束砂……共にB級認定だ」

「「しゃぁあああ!!」」

無事に二人一緒に合格できたのであった。

「あ、ちなみに柊さんは？」

佐正が聞く。

「あぁ、彼女もB級認定だ」

「そうですか、よかったです！」

佐正もミカゲもほっとした表情を見せるのであった。

「ところで、明日は休日ですね。ミカゲさん、トレーニングしませんか!?」

「お……？」

やる気に満ちた表情の佐正がそう言って、ミカゲを誘う。

が、しかし……。

「あ、ごめん、明日はちょっと用事があるんだ」

「えっ⁉」

佐正は激しく驚く。

「ど、どうしたの……？」

「ミカゲさん、休日にトレーニング以外のことすることあるんですか？」

「あるわ！」

◇

翌日――。

ミカゲはモンスターカフェに来ていた。

モンスターカフェ……！　やっぱりトレーニングじゃないですか……！

物陰から見ていた佐正は憤《いきどお》る。

「お久しぶりです」

「久しぶり……！」

お……？　あの人は……？

そこにはミカゲの遊撃者時代の相棒、深海がいた。

「お久しぶりです」

「久しぶり……！」

ミカゲと深海は挨拶を交わす。

「深海、元気にしてたか？」

「まぁ、そこそこには……」

「それはよかった。んじゃ、早速、行こうか？」

「あ、はい……それはいいのですが……あの人は……？」

「ん……？」

深海の視線の先には怪しげな男性が一名……。

「……」

「……何してんの？　束砂」

「いやいや、本当、偶然ですよ！　自分もトレーニングしようと思って……」

「「……」」

「本当ですよ！」

佐正の名誉のために記しておくと、一応、本当に本当である。

「えと……じゃあ、自分は別の日にしますよ」

佐正はそのように言う。

「別にいいですよ」

「……！」

「せっかくですし、一緒に行きましょうよ」

深海はそのように言うのであった。

◇

「これまたどういう組み合わせなんよ……」

モンスターカフェに入店すると、店長の津吉がそんなことを言う。

「いや、たまたま店の前で会いましてね」

佐正がそんなことを言う。

「なるほどね。まぁ、ミカゲと深海さんは今日来るってのは知ってたんだけどな」

佐正にも用事の内容の見当はすでに付いていた。

地下二層での映像は佐正も確認しているからだ。

「とりあえず準備はしてある。地下に行くか？」

「……はい」

そうして、四人は地下の（秘密）トレーニングルームへと降りる。

「こいつだ……」

「っ……」

トレーニングルームには、例の陽炎蜥蜴がいた。

「……」

深海は複雑そうな表情を見せる。

「津吉さん、こんなでかい蜥蜴どうやって持ってくるんですか？」

佐正が聞く。明らかに地下へと向かう階段よりも蜥蜴の方がでかいからだ。

「ん？　テイムすれば、〝圧縮球〟に入るぞ」

「へー、そうなんですね……まるでモンスターボー……いや、なんでもないです」

佐正は何かを言いかけて止める。

圧縮球は揺が使っている圧縮巾着の類の道具であった。

「で、どうする？　すでにこいつは手懐《てなず》けてある。故に、危険性はない。話は聞いていたから、まだ愛着は持たないようにしていた。だから、深海さんの好きにしていいですよ」

津吉は深海に向けて、そんなことを言う。

「……ありがとうございます」

深海は改めて陽炎蜥蜴を見つめる。

陽炎蜥蜴も深海の方を見ている。その表情はやや動揺しているようにも見えた。

「一発……」

「……？」

「一発殴らせてください……」

「別に構わないが……チャンバラ用の武器を使うか？　素手だとそれなりに痛いと思うが……」

陽炎蜥蜴は危険度七十五の妖獣。非常に硬い皮で覆われている。

「いえ……素手で……」

「わかった」

そう言うと、深海は陽炎蜥蜴の前に立ち、残った左腕を大きくテイクバックし、渾身の左ストレートを陽炎蜥蜴の顔面に叩き込む。

「っ……」

恐らく痛かったのは深海側で、陽炎蜥蜴は痛みすら感じなかったかもしれない。

しかし、どこか驚いたような顔をしていた。

「あー……痛くなかった……」

深海はそんなことを言うのであった。

結局、深海はそれ以上、何かを望むことはなかった。

◇

「あの……」

「ん……？　どうした？　自分から来るのは珍しいな」

深海らと共に、モンスターカフェを訪れた翌日、揺のいる社長室にミカゲが訪れていた。

「実はちょっと観てほしい人がいまして……」

「ほーん……推薦というやつだな？」

「だ、ダメですかね……」

「いんや、構わんよ」


「あー、この人か……確か、ミカゲと一緒に映っていた……」

（覚えていてくれてたのか……）

「そうだな……いい動きだ……」

深海の映像を確認する揺はそんなことを言う。

「な、なら……」

「いい動き……だが、お前との差は歴然だ」

「……！」

「実力があれば推薦だろうが自薦だろうが雇う。しかし、うちは純粋なコネはやってない」

揺はきっぱりと言う。

（……）

ミカゲは言葉を失ってしまう。

「しかもこの状態から利き腕を失ってしまったのか……」

「……」

「隻腕の攻略者……確かに聞いたことはないな。少なくともA級以上には」

ミカゲはどんどん気分が重くなる。

「ただな、世界は広い」

「……！」

「私が知らないだけで、B級以下なら普通にいてもおかしくはないな」

「はい……」

「例えばだ。リリィのような戦い方なら難しいだろうな」

「……そうですね」

「だが、お前は私の戦い方に右腕が必要と思うか？」

「……！」

「ちなみに宝物特性レベルと職能はあるのか？」

「レベル七、盾士です」

「なるほど。平均よりは上。攻略者水準でいえばギリギリだな」

「そうなりますかね」

「とはいえ、プレイスタイルとして、参考になる奴が我が事務所にいるじゃないか」

「え……？　盾士だから七山さんですかね？」

「七山？　違うわ」

「っ……！」

「柳だ」

「な、なるほどです」

柳は祈りの鋒という矛の宝物を使うが、その矛を物理的に使うのではなく、精霊と共に戦うために使用する。

「まぁ柳は元々、精霊特性が高かった。結局のところ、才能も必要になる。厳しい世界だよ……」

揺は遠い目をして言う。

「何かおすすめの宝物とかってありますかね？」

「そうだな……うーん……不可視盾《インビジブル・シールド》とか……？」

「不可視盾ですか。ありがとうございます。ちょっと確認しますね」

ミカゲはデバイスで宝物リストを確認する。

（お……あった……）

「………高っ‼」

不可視盾のお値段はなんと千九百八十万円（税抜）。

ミカゲの目が飛び出る。

「ははっ……お前、それを深海さんにプレゼントする気か……？」

「……うーん」

（……さすがに厳しいよな……）

「……ちなみに錬魔球の値段は？」

「……」

ひゅーひゅーひゅーと揺は無言でそっぽを向きながら、かすれた口笛を吹く。

ミカゲはじとっと揺を見つめる。

「ただですね……」

「ん……？」

「あのSOS配信のおかげで自分は揺さんに拾ってもらいました」

「……」

「ですが、深海は真逆で、利き腕を失いました」

「……それは単に、ミカゲに実力があって、深海さんにそれがなかっただけだと思うが……？」

「そうだとしても……やはり少しモヤモヤするんですよ……」

「ふむ……」

揺は否定も肯定もしなかった。

「だが……不可視盾の入手は不可能ではないさ」

「え……？」

「それをプレゼントするしないは置いておいて、行くんだろ？　宝物狩り」

「……！」

元々、B級試験を受けたのも揺と共に三十層以上の宝物狩りに行くためであった。

「なぁ、ミカゲ……君はS級攻略者になるのだろう？」

「え、えーと……そうです」

（そう言ったのは揺さんですけど……）

「うむ、ならば……未来のS級攻略者には二千万など端金《はしたがね》だ」

「……！」

「ミカゲ、我々のミッションはあくまで、今まで攻略者になることができなかった君のような低レベル帯カタナシ、同じ境遇の者たちに夢を与えること。そして、今の高レベル至上主義の攻略者環境をぶっ壊すこと。言っちゃ悪いが、この壮大な目標からすれば、お金のことなど些細《ささい》なことだ」

「……！　はい……！」

ミカゲの目に力がこもる。

「揺さん、やりましょう！」

「あぁ……当然だ……」

揺はにやりと笑う。その自信にあふれたような野心的な笑顔を見ると、ミカゲはなぜかこの人となら、どんな無謀に思えることでも実現できそうな気がした。

あとがき

この度は〝未知と宝物ざっくざくの迷宮大配信！〟を手に取っていただき、誠にありがとうございます。本作は私にとって三作目の出版作品になります。ちょうど本作発売の二か月前に二作目の作品を出版しておりまして、他社からの出版で恐縮ですが、〝闇堕ち勇者の背信配信〟という作品です。本作と同じで、いわゆるダンジョン配信ものになります。大変、有り難いことに二作のダンジョン配信ものを出版することができて、とても光栄に思っております。

実のところ、本作の方が、〝闇堕ち勇者の背信配信〟よりも先に書き始めており、出版自体も先に決まっておりました。発売は前後しましたが、こちらの方が、私のダンジョン配信ものとしては処女作ということになります。更に言うと、本作はダンジョン配信ものが流行する前、あるいは流行していることに私がまだ気付いていない時に、書き始めていたので、その後、まさかこんなにダンジョン配信ものがＷＥＢで流行するとは思っていませんでした。今から思うと、幸運だったと思います。

そんなこともあり、本作は当初、ダンジョン配信そのものは、おまけ的な扱いでして、どちらかというと〝スポ根のようなファンタジー作品〟がテーマになっています。ひょっとしたらお気付きの方もいらっしゃるかと思いますが、随所でスポーツ界っぽい要素が散りばめられています。ちなみに本編中で語られる主人公のミカゲのトレーニング手法についても、実在する何人かのアスリートのエピソードをオマージュしております。最近だと睡眠をリカバリーと呼ぶ選手なんかはすごく活躍していますよね。
本作の特徴をもう少しだけ語らせていただくと、わりとライトノベルの中では、男性キャラクターの比率が高い作品なんじゃないかと思います。これは筆者が少年漫画に憧れているところがありまして、ブロマンスのような作品を書いてみたかったことが影響しています。正直、ライトノベル読者の方に受け入れてもらえるのかは、一か八かだったのですが、WEBで一定の評価を得られた時は素直に嬉しかったです。今後も一か八かであっても自分が納得できるコンセプトの作品作りを心掛けていきたいと思いました。

最後になりますが、イラストを引き受けてくださり、生き生きとしたキャラクター達を生み出してくださいました片瀬ぼの様、お声を掛けてくださったO城様、制作過程では、ページ数を規定ページ数ぴったりにする仕様の関係上、ページ調整等に尽力してくださり、また円滑に工程を進めてくださったK野様、出版に携わってくださったぶんか社の皆様、これを読んでいるかは分かりませんが、支えてくれた家族、相談に乗ってくれた友人にもこの場を借りて、感謝申し上げます。
そして、何より、数ある作品の中から本作を選んでくださった読者の皆様に心より御礼申し上げます。

広路なゆる

BKブックス
未知と宝物ざっくざくの迷宮大配信！
～ハズレスキルすらない凡人、
見る人から見れば普通に非凡でした～

2024年5月20日　初版第一刷発行

著　者　広路《こうじ》なゆる
イラストレーター　片瀬《かたせ》ぼの

発行人　今 晴美

発行所　株式会社ぶんか社
〒102-8405　東京都千代田区一番町29-6
TEL 03-3222-5150（編集部）
TEL 03-3222-5115（出版営業部）
www.bknet.jp

装　丁　AFTERGLOW

印刷所　大日本印刷株式会社

ISBN978-4-8211-4684-0